回顾所来径

席慕蓉 / 著

浙江出版联合集团
浙江文艺出版社

目录

新版序　I
自序　回顾所来径　I
前言　谦卑的心　I

辑一　来时路

无边的回忆　3
旧日的故事　9
四季　20
爱的絮语　24
猫缘　28
海棠与花的世界　34
荷花七则　38

成长的痕迹   45

辑二   窗内

我的记忆   57

几何惊梦   63

花的联想   68

白发吟   74

窗前札记   81

不忘的时刻   89

辑三   初夏

有月亮的晚上   99

生命的滋味   104

淡淡的花香   109

灯火   116

池畔   124

辑四   寒夜

悠长的等待   131

困境　135
寒夜　138
两种时刻　140
中年的心情　147
写给幸福　154

辑五　窗外

胡凡小姐的故事　163
玛丽安的二十岁　172
海伦的婚礼　183
莲座上的佛　192
卖石头的少年　197
乡关何处　205
达尔湖的晨夕　210
那串葡萄　219

附录

一条河流的梦　　夏祖丽 223

新版序

相对于油画和诗,我的散文一直只是自己的生活笔记。涂涂抹抹了几十年,重复的选本不算,也还有了十几本的散文集。其中有几本在合约到期之后就放到一边,一直也没去理会,如今,很高兴"印刻"愿意给它们重新出版的机会。

新版本,或许可以有些不同的面貌。所以,我把曾是"尔雅"的《成长的痕迹》与《写给幸福》这两本书的文字加以选择,重新编排,就成了这一本《回顾所来径》。

《成长的痕迹》是我的第一本散文集,初版于一九八二年三月。当时的自序就已经以"回顾所来径"为题了,那么,现在是二〇一二年的九月,竟然相隔了三十年,这样的"回顾"又要如何区别呢?

应该说是对那驱使我去书写的力量,多了一种敬畏了吧。我没修习过什么文学理论,也没有什么强烈的野心,可是,我隐隐觉得,好像是有一种引领,一种呼唤,一种我无法清楚辨识的力量,让我在灯下,以文字作为依附，反复诘问、自省，一直书写到如今。

几乎就是那一首诗了：

一生　或许只是几页
不断在修改与誊抄着的诗稿
从青丝改到白发　有人
还在灯下

这执笔的欲望　从何生成？
其实不容易回答
我只知道
绝非来自眼前的肉身
有没有可能
是盘踞在内难以窥视的某一面
无邪又热烈的灵魂
冀望　藉文字而留存？……

我要感激这"欲望"的引领，好像是有些什么在文字中留存下来了。尽管朝如青丝暮已成雪，在明镜之前，我却因此而不觉伤悲。

二〇一二年九月十九日写于淡水乡居

自序
回顾所来径

孩子从幼儿园放学回来，兴高采烈地把他在树上捡到的宝物拿给我看：

"妈妈，你看，一只透明的蝉。"

那是一只已振翅飞去的夏蝉所蜕下的蝉壳，土黄色的薄膜上很仔细地刻印了那一只蝉外表的所有记录。那样精致而又美丽，因此真让人会以为：在我孩子的小手上停留着的，是一只透明的蝉哩！

造物真是不可思议的神奇。我一直在想，不知道那只飞走了的蝉在离开前的一刹那会不会忽然有点不舍？会不会又再飞回来，再看一眼为它的蜕变所留下来的，那一件如艺术品般的纪念？

我想，如果我是那只蝉，我一定不舍得忘记。

我想，这也是为什么，我会在画油画、画素描之外，又来写诗和写散文的原因了罢。

我是一个喜欢"回顾"的人。

走在山林里，喜欢回头，总觉得风景在来的路上特别好看。开车的时候，爱看后望镜，觉得镜里的景色另有一种苍茫之感。而在人生的道路上，每一个转折，每一次变换，都会使我无限依恋，频频回顾。

　　我喜欢回顾，是因为我不喜欢忘记。我总认为，在世间，有些人、有些事、有些时刻似乎都有一种特定的安排，在当时也许不觉得，但是在以后回想起来，却都有一种深意。我有过许多美丽的时刻，实在舍不得将它们忘记。

　　不过，这并不是表示说，我不喜欢"现在"与"将来"，相反的，我对今日的一切也极为珍惜，对明日的一切更充满了憧憬。而在我的作品里，好像总有一个特定的对象，年少的时候不能自知，但是今日的我已能够感觉到了：不管是十几岁时的日记也好，或者三十多岁时的札记也好，我心中一直有个倾诉的对象，那就是一个"明日的我"。

　　就是说：今夜，在灯下执笔的我，记载下昨天刚刚发生的事，是为了，为了明日的那一个我，在一首诗、一篇散文，或者一幅油画之前，能够记起来一些很珍贵的感情与记忆，因而也能体会并且明白我今夜的这一份深深的祝福与感谢了。

　　虽说岁月一去不复回，可是，在那一刹那，在恋恋回首的那一刹那，昨日、今日与明日不就都能聚在一起，重新再活那么一次了吗？

　　而我所求的，也不过就是如此而已。

一九八一年冬于石门乡居

前言
谦卑的心

有一阵子,我住在布鲁塞尔市中心,上学途中必定经过拉莫奈广场,在广场的角落经常有一位老太太在那里摆个小摊子卖花。

有一个春天的早上,天气好冷,行人不多,她的摊子上已摆满了黄水仙,嫩黄的花瓣上水珠晶莹,在朝阳下形成一种璀璨的诱惑。我停下来向她买了一束,她为我小心地包扎起来,然后,在她把零钱找给我以后,我看到她匆匆地低头画了一个十字。

我觉得很奇怪,忍不住问她:

"请问你这是为了什么呢?"

她抬起满是皱纹的脸来向我微笑:

"小姐,我每天在卖出第一束花时,都要向天主道谢。"

以后,每当我起了骄傲的意念时,我就会想起这一位卖花的老妇人,和她的谦卑的心。

辑一　　来时路

无边的回忆

外婆和鞋

　　我有一双塑料的拖鞋,是在出国前两年买的,出国后又穿了五年。它的形状很普通,就像你在台北街头随处可见的最平常的样式:平底,浅蓝色,前端镂空成六条圆带子,中间用一个结把它们连起来。买的时候是喜欢它的颜色。穿了五六年后,已经由浅蓝变成浅灰,鞋底也磨得一边高一边低了。好几次,有爱管闲事的,或者好心的女孩子劝我:

　　"阿蓉,你这双拖鞋太老爷了。"或者:"阿蓉,你该换拖鞋啦!"我总是微笑地回答:

　　"还可以穿嘛,我很喜欢它。"

　　如果我的回答换来的是一个很不以为然的表情,我就会设法转变一话题。如果对方还会对我善意地摇摇头，或者笑一笑，我就会忍不住要告诉她：

"你知道我为什么舍不得丢它的原因吗？"

而这是个让生命在刹那间变得非常温柔的回忆。大学快毕业时，课比较少，家住在北投山上，没有课的早上，我常常会带着两只小狗满山乱跑。有太阳的日子，大屯山腰上的美丽简直无法形容。有时候我可以一直走下去，走上一两个钟头的路。最让我快乐的是在行走中猛然回过头，然后再仔细辨认，山坡下面，哪一栋是我的家。

走着走着，我的新拖鞋就不像样了。不过，我没时间管它，我的下午都是排得满满，别有用处的。晚上回家后赶快洗个澡就睡了。

直到有一天，傍晚，放学回家，隔着矮矮的石墙，看见我的拖鞋被整整齐齐地摆在花园里的水泥小路上。带着刚和同学分手后的那一点嚣张，我就在矮墙外大声地叫起来：

"何方人士，敢动本人的拖鞋？"花园里没有动静。再往客厅的方向看过去，外婆正坐在纱门后面，一面摇扇子，一面看着我笑呢。那时外婆住在永和，很少上山来。但来的话就总会住上一两天，把我们好好地宠上一阵子再走。那天傍晚，她就是那样含笑地对我说：

"今天下午，我用你们浇花的水管给你把拖鞋洗了，刚放在太阳地里晒晒就干了。多方便！多大的姑娘啦！穿这么脏的鞋给人笑话。"

以后，外婆每次上山时，总会替我把拖鞋洗干净，晒好，有时甚至给我放到床前。然后在傍晚时分，她就会安详地坐在客厅里，一面摇扇子，一面等着我们回来。我常常会在穿上拖鞋时,觉得有一股暖和与舒适的感觉,不知道是院子里下午的太阳呢,还是外婆手上的余温?

就是因为舍不得这一点余温,外婆去世的消息传来以后,所有能够让我纪念她老人家的东西:比如出国前夕给我的戒指,给我买料子赶做的小棉袄,都在泪眼盈盈中好好地收起来了。这双拖鞋,也就一直留在身边,舍不得丢。每次接触到它灰旧的表面时,便仿佛也接触到曾洗过它的外婆的温暖而多皱的手。便会想起那在夕阳下的园中小径,和外婆在客厅纱门后面的笑容。那么遥远,那么温柔,而又那么肯定地一去不返。

一支儿歌

在我们家里,我排行第三,上面有两个姊姊,下面有一个妹妹,一个弟弟。小时候,我长得很胖,人很糊涂,口齿也很不清晰。妈妈说:有一次,两个姊姊从学校学会一支歌回来,就很兴奋地教我唱,歌词是:

"大姊嫁,金大郎,二姊嫁,银大郎,三姊嫁,破木郎。大姊回来杀只猪,二姊回来杀只羊,三姊回来,炒一个鸡蛋,还要留着黄。大姊回,坐车回,二姊回,骑马回,三姊回,走路回。走一会,哭一会,望着天边流眼泪。天也平,地也平,只有我爹娘心不平。"

妈妈说:大概那时只有四五岁的我,一面含含糊糊地跟着唱,一面就哭起来了。后来上初中了,一唱这支歌还会哭。小时候的事我记不得了。不过初中时为这支歌是哭过的。大概那时正是发育时期,对未来存着恐惧之心。又觉得在家里处处受委屈，觉得父母偏爱姊姊。于是，伤心人别有怀抱，唱着唱着，就会哭了。至于将来会不会嫁个破木郎之事，大概当时还没有放在心上。

人长大以后，很多事情都会慢慢地忘了。可是姊妹们却不饶我。五十五年的圣诞节，也就是我和他订婚的那个晚上，她们三个人就在慕尼黑爸爸的公寓里唱起来了。一面唱，一面笑，还一面问我：

"怎么不哭呢？"

其实，我当时是有点被感动了。被圣诞树上的烛光，被父亲眼中的爱意，被眼前那三个唱着歌的女孩子的酡红的双颊，被窗外无声的瑞雪，被身旁的他环抱着我时给予我的温暖，被这一切；尤其是被这突来的儿歌单纯的调子感动了。

而那些没有根的回忆，就又在泪珠中显现了。

没有见过的故乡

缠绕着我们这一代的，就尽只是些没有根的回忆，无边无际。有时候是一股汹涌的暗流，突然冲向你，让你无法招架。有时却又缥缥缈缈地挨过来，在你心里打上一个结。你却找不出这个结结在哪里，也不知道是为了什么原因，也不知道是为了哪一个人。

三年以前，在瑞士过了一个夏天，认识了好几个当地的朋友，常常一起去爬山。有一天，其中一个男孩子请我们去他家玩。他家坐落在有着大

片果园的山坡上,从后门出去,就可以看到后山下一大块树林围着一个深深的湖。这个男孩子指着他家院墙外的一棵大樱桃树说:

"你看见那个从下面数左边第五枝的枝子了吗?那根枝子歪得很特别的,看见没有?那是我爸爸七岁时候的事了,他爬到树上采樱桃,也是这样一个夏天,被我祖父看见了,罚他就在那根枝子上坐了一个下午,不准下来。那根枝子从此就歪了。"

也许是他在唬我,也许是他父亲唬了他。可是他对家的眷恋,对儿时的追怀,对时光逝去的否认,都可以由这一棵大树,甚至由这棵大树上的一根歪歪的枝干上获得满足了。因此,他说话时甚至带了一点骄傲。而我呢?我给他看我的拖鞋吗?我或许可以给他唱那支儿歌,但是他听得懂吗?就算他终于懂了,那分量能抵得住就在眼前的这一棵他曾祖母手植的庞然大物吗?能抵得住他立足于上的这块生他又育他的土地吗?

而我就越发怀念我那从来没有见过的故乡了。

小时候最喜欢的事就是听父亲讲故乡的风光。冬天的晚上,几个人围坐着,缠着父亲一遍又一遍地诉说那些发生在长城以外的故事。我们这几个孩子都生在南方,可是那一块从来没有见过的大地的血脉仍然蕴藏在我们身上。靠着父亲所述说的祖先们的故事,靠着在一些杂志上很惊喜地被我们发现的大漠风光的照片,靠着一年一次的圣祖大祭,我一点一滴地积聚起来,一片一块地拼凑起来,我的可爱的故乡便慢慢成形了。而我的儿时也就靠着这一份拼凑起来的温暖,慢慢地长大了。

渴望

去年春天,我们在卢森堡那个小小的国家里,享受了我们的蜜月旅行。那时正是五月天气,公路上繁花似锦。我们两个人轮流开车,每遇到一个绿草如茵的山坡,我们就会停车跑上去玩一玩。我总禁不住那青草的诱惑,总要在草坡上打几个滚。有一次,天已傍晚了,他心急想赶路,可是我还沾着一身一头的花絮和野草,赖在树底下不肯走。他又好气又好笑地对我说:

"我看哪,你就干脆留在这里放羊算了!"

他的这句话,就和眼前的夕阳一样,有哪一点相连贯的地方呢?为什么给我一种似曾相识的感觉?这傍晚的青草的幽香……

对了!我本来应该是一个在山坡上牧羊的女孩子,那大地的血脉就流在我身上。迎着夕阳,一个穿红裙子的女孩从青青的山坡上下来,温驯的羊群在她身旁挤着擦着,说着些只有它们自己听得懂的话。而那傍晚青草的幽香,那只有在长城外的黄昏里才有的幽香啊!

但是,我本来应该是的,我现在并不是。我所拥有的,仅仅是那份渴望而已。

而我所拥有的,只有那在我全身奔腾的古老民族的血脉。我只要一闭眼,就仿佛看见那苍苍茫茫的大漠,听见所有的河流从天山流下。而丛山黯暗,那长城万里是怎么样地从我心中蜿蜒而过啊!

一九六九年十一月二十一日

旧日的故事

小红门

　　这个世界上有很多事情，你以为明天一定可以再继续做的；有很多人，你以为明天一定可以再见到面的；于是，在你暂时放下手，或者暂时转过身的时候，你心中所有的，只是明日又将重聚的希望，有时候甚至连这点希望也不会感觉到。因为，你以为日子既然这样一天一天地过来的，当然也应该就这样一天一天地过去，昨天、今天和明天应该是没有什么不同的。

　　但是，就会有那么一次：在你一放手，一转身的那一刹那，有的事情就完全改变了。太阳落下去，而在它重新升起以前，有些人，就从此和你永诀了。

　　就像那天下午，我挥手离开那扇小红门时一样。小红门后面有个小院子，小院子后面有扇绿色的窗户。我走的时候，窗户是打开的，里面是外婆的卧室，外婆坐在床上，面对着窗户，面对着院子，面对着红门，是在大声地哭着的。因为红门外面走远了的是她疼爱了二十年的外孙女，终于也要像别人一样，出国留学了的外孙女。我不知道那时候外婆心里在想些什么，我只记得，在我把小红门从身后带上时，打开的窗户后面，外婆脸上的泪水正在不断地流下来。

而那是我第一次看见外婆这样地激动，心里不免觉得很难过。尽管在告别前，祖孙二人如何地强颜欢笑，但在那一刹那来临的时候，平日那样坚强的外婆终于崩溃了。而我得羞耻地承认，在那时，我心中虽也满含着离别的痛苦，但能"出国"的兴奋仍然是存在着的。也就是因为这个原因，才使我流的泪没有老人家流的多，也才使我能在带上小红门以前，还能挥手向窗户后面笑一笑。虽然我也两眼酸热地走出巷口，但是，在踏上公共汽车后，车子一发动，我吸一口气，又能去想一些别的事情了。而且，我想，反正我很快就会回来的，反正我们很快又会见面的。而且，我想，我走时，弟弟正站在外婆的身后，有弟弟在，外婆不会哭很久的。外婆真的没有哭很久，那个夏天以后又过了一个夏天，离第三个夏天还很远很远的时候，外婆就走了。

家里的人并没有告诉我这个消息。差不多过了一个月，大概正是十二月初旬左右，一个周末的下午，我照例去教华侨子弟学校。那天我到得比较早，学生们还没来，方桌上摆着一叠国内报纸的航空版，我就坐下来慢慢地翻着。好像就在第二张报纸的副刊上，看到一则短文，一瞥之下，最先看到的是外祖父的名字，我最初以为是说起他生前的事迹的，可是，再仔细一看标题，竟是史秉麟先生写的："敬挽乐景涛先生德配宝光濂公主。"

而我当时唯一的感觉就是手脚忽然间异常的冰冷，才忽然明白，为什么分别的那一天，老人家是那样地激动了。难道她已经预感到，小红门一关上的时候，就是永别的时候吗？而这次，轮到我在一个异国的黄昏里，无限懊悔地放声大哭起来了。

那一条河

我的祖先们发现这一块地方的时候，大概正是春初，草已经开始绿了，一大片一大片地向四围蔓延着。这一条刚解了冻的河正喧哗地流过平原，它发出来的明畅欢快的声音，融化了这些刚与寒冬奋斗过来的硬汉们的心。而不远处，在平原的尽头，矗起一层紫色的山脉，正连绵不绝地环绕着这块土地。

祖先们就在这里终止了他们疲倦的行程，流浪的人终于有了一个家。春去秋来，他们的孩子越来越强壮，他们的妇女越来越姣好。而马匹驰骋在大草原上，山岗上的羊群像雪堆、像海浪。

很多很多年以后，我的外婆就在这条河边诞生了。这个婴儿在她母亲的眼中一定是最美丽的，外婆一定也很爱她的母亲。因为每一次，在我们不听话，惹妈妈生气的时候，外婆就会说："你们这些孩子真没孝心，我小的时候，总想着法子帮母亲的忙，照顾弟妹。"或者："我母亲对我说什么话，我从来都没有顶过嘴，总是规规矩矩地答应着。"

当时，外婆的这些话总是听过了就算了。真正能体会到她的意思的时候，我已经长得很大，离她也很远了，就像她离开那条河已经很远了一样。

但是，那条河总是一直在流着的。外婆曾在河边带着弟妹们游玩。每一个春天，她也许都在那解了冻的河边看大雁从南边飞过来。而当她有一天过了河，嫁到河那边的昭乌达盟去了的时候，河水一定曾喧哗地在她身后表示着它的悲伤罢。

小时候爱求外婆讲故事，又爱求外婆唱歌。可是每次听完以后，都不能很清楚地把内容完全记下来，等到第二次外婆要我们重述的时候，我们总是结结巴巴的，要不然就干脆一面笑着，一面跑开了。外婆一定很失望罢。

但是，那条河总是一直在流着的，而在外婆黑夜梦里的家园，大概总有它流过的喧哗的声音罢。"大雁又飞回北方去了，我的家还是那么远……"用蒙古话唱出来的歌谣，声音分外温柔。而只要想到那条河还在那块土地上流着，就这一个念头，就够碎人的心了。

所以，她仍然一遍一遍地和我们讲述那些故事，故事之中总有一条河，有一个孝顺的孩子，有一个可爱的母亲。有时候，我们听出她话里的教训的意味，我们就会笑着要求再换一个。每一次，她的故事都没能讲完。大概如果不是因为小孩子们已经跑远了，就是因为她的思绪又在那条河前面停顿下来了罢。

而我今天多么渴望能重听一遍那条河的故事呢！谁能告诉我，六十年前，那十八岁的少女的面貌曾有多少飞扬的光采？谁能告诉我，那草原上的男孩子们曾几次驰马掠过她的裙边？谁能告诉我，那一颗年轻的心里，曾充塞了多少对这一块土地的热爱？而在她转身离开这条河时，是不是也以为明天又会再回来？我能问谁呢？我想，大概就只有问这一条河了。

于是，这条河也开始在我的生命里流动起来了。从外婆身上，我承继了这一份对那块我从来没有见过的土地的爱。离开她越远，这一份爱也越深，而芳草的颜色也越温柔。而希喇穆伦河后面紫色的山脉也开始庄严地在我的梦中出现，这大概是外婆生前没有想到的罢。

鸢尾草和石阶

当然，我也有我自己的童年，我自己的故事。我生在抗战末期的四川乡下，我知道那个地方叫做金刚坡。也许有些曾住在那个地方的读者们会很惊喜地发现这三个字，而这三个字马上带给你们不少的回忆，那我当然也很替你们高兴。不过，这个地方能给我的唯一的印象，就只是一朵蓝色的鸢尾草，一朵开在湖边的蓝色的花。

我小的时候，人很胖，头又特别的大，妈妈说：常常在一转眼间就看不到我了，马上就知道，一定又是从山坡上哪一个地方滚到坡下面去了。大家只要到山坡下面的草堆里去找，总会找到我这个小肉球。奇怪的是，我很少哭，每次也很少会受伤，所以每次也都只是让大人们虚惊一场。等到刚把我摆到小椅子上坐定，大人们才刚一转身，我又会没事人似地爬下来，然后，又一个滚，又带着草和泥，滚下山去了。

大概，这朵花就是在那个时候进入我的生命里的，我只记得我身子前面有一丛杂草，头顶上是一片浓密的树荫。我大概是在一个小树林的边缘，林子里面有一个湖（也许是个池塘，可是儿时所有的池塘对我都像一个大湖），而这朵花就开在杂草和湖的中间，好蓝好大也好香。

以后我就一直没有见过同样的花，有时候我说给别人听，别人也不知道那朵花该叫什么名字，也并不太感兴趣去替我查植物大全。有更多比这个事情还重要的事要做哪！谁能管那么多闲事。

可是我心中却一直很想念这朵花的。一直到有一天，读大学了，和同学们去北投公园写生，在一条小径的转角处，我看到这一朵花，和我小时候看见的那朵是一个样子，一样的蓝，没有那么大，也没有那么香。可是，我已经很满足了，马上到处去找国画老师，找到他后就赶快问他，在路旁长着的这一朵花叫什么名字？林老师说："这是鸢尾草。"

这就是鸢尾草，我生命里的第一朵花有了名字了。同学们已经走得很远了，我一个人站在这朵花前很久，一阵微风吹来，小花就会颤动几下子，而我的心里忽然觉得空落落的。童年时那朵蓝色的回忆竟然在我心里占了这么大的分量，一旦替它找到了名字，它却在名字前面显得黯淡而模糊了。曾经是那么清晰的一朵蓝啊！

这也就是为什么几年以后，在香港的一个街角前，我犹疑着不敢向前的原因了。

我的另一段童年是在香港度过的，那时候外婆和我们住在一起。每天早上，她总带着我们三个小的出门去散步。我们先走过电器街，然后后面就是星街和月街，走完这两条街，就面对着二马路的一块山坡了。实在算不了是一块山坡，不过，在香港那个寸金尺土的地方，那一块绿色对我们已经很够了。山坡下面有一条石阶，一直通到左边的半山公寓上去。每天早上，外婆就会在山坡前面做一段晨操，然后就在石阶上坐下来，看我们三个小孩在坡上面奔来跑去。我还记得弟弟那时候大概才刚会走，穿着一身紫红色的毛衣裤，跟着我和妹妹的后面转来转去。我们常常故意躲起来，弟弟找不到我们以后也不会哭，总是一转身，两条小腿软软地，向山坡下面的外婆跑去了。当然有时候免不了会在草地上跌一跤，我们就会满怀歉意地跑出来，把他扶起来再和他好言好语地玩上一阵子。

外婆就微笑地坐在那里看我们，一直到觉得太阳太热了时，才带着我们往家里走回去。

后来我和妹妹进小学了，外婆就带着弟弟一个人去做早上例行的散步。后来弟弟也进了幼稚园了，外婆早上送他去上学，上课时她就坐在幼稚园的铁丝围栏的外面，看弟弟和别的小孩子交朋友或者打架，下课后她再带着弟弟走回家。幼稚园是附设在我们的小学里的，所以，我们放暑假总是一起放。一放暑假，我们老少四个又开始我们的晨游了，仍然是那样的路程，仍然是那个同样的山坡，不同的只是外婆不再把弟弟背在身上，弟弟跑得比我们都快，而他也早已穿不下那一套紫红色的毛衣裤了。

十几年后，我离开外婆，到欧洲来读书，从台湾坐四川轮来到香港，准备坐一星期后的法国客轮到马赛。那时候，有很多小时候认得的朋友都

很热诚地招待我。算一算，离开香港去台湾读书竟也是过了十年的光景了，这次过境，十年后的香港当然改变了很多，可是也有很多地方仍然像我小时候所见的一样。那时候，我就渴望着再去一次童年时日日常游的地方。有一天清晨，我就一个人找到那一条电器街了。

我是一个人从秀华台上走下来的（但我的心中，却有三个人和我一起走下来），电器街就在前面的左手，街道好像窄了很多，建筑物的墙上贴满了乱七八糟的广告和招贴，只给砖墙露出一点点空隙，在那个空隙上有白漆涂着的"十灵丹"的大字，那三个字是认得我的。再转一条街就是星街了，我慢慢地走着，很想像十几年前一样，可是身边怎么多出那么多数不清的人，不像一个清晨该有的样子。而我的高跟鞋的声音又一下一下地在提醒我，我不再是那个牵着外婆的手的年龄了。当然，这也没有什么关系，我来就只是来看一眼那个石阶，看一眼后，我就会回头了的。但是，我没想到，这是需要勇气的。

就在那条街的转角前，我依稀地认出了那一块山坡的样子。只要再向前走几步，我就会看到那条通向左边的石阶，只要再向前走几步，我就会看见一个老人，精神很健旺地带着三个小孩子坐在石阶上。

可是，我却站住了，呆呆地站住了。我不敢再往前走，因为我怕那条石阶已经不在了，或者就算还保留着，也许已经给改变了形状了。石阶前面的山坡也许还在，也许已经被人铲平，盖起公寓来了。我不知道我将会看见什么，我想，我还是设法保留我曾经看见过的景象罢。于是，我就回身往来路走回去了。走得很快，没有停下来，也没有再转过头去。

雁阵

等我再想到这件事情的时候,我的火车正沿着莱茵河岸急驰着,对岸山上的古堡在月光下显得更加孤独。火车经过罗累莱那块大山岩的时候,我只觉得岩上长满了太多的荒草。山岩默默地蹲踞在河的转角,而那荒草就在月光下郁郁地摇着。而我就想起了我在初中时学会的那首歌:"我不知道为了什么,我会这般悲伤。有一个旧日的故事,在心中念念不忘……"

而我就又想到外婆的那一条河,和我心中念念不忘的那些故事。虽然都是些平铺直述的,可是,它们总是一遍一遍地重复出现着,就像眼前莱茵河的水波;像昨天阿尔卑斯山上的积雪一样;很温柔而又很悲哀地呈现在我的周围。我想,人类已经是一种很孤独的动物了,假如再没有这些旧日的故事来陪伴;再没有些亲爱的人让我去思念;再没有那无边的大地在等待着我的归去;那么就算走遍天涯,我也再不能获得"存在"的意义了。

我的这篇杂记也许该在这个时候告一段落了。我的丈夫说:"你写的东西太以小我为中心了。"不过,我想,这个世界就是由无数的小我构成的,就因为小我有一份感情,大我才会产生一股力量。雁阵能够不停地飞过八千里的天空,还不就只是因为每一只大雁都有一颗思归的心而已吗?

一九七〇年一月三十一日

四季

夏云

刚到欧洲，少女急于等待一个晴朗的日子。

"可是，在鲁汶，夏天就是这样的。"他们说。

阴天，毛毛雨，穿一件毛衣，撑一把伞。运气好，会有一两个晴天，运气不好，会下上一个暑假的雨。湿淋淋的人行道上的落叶由青转黄，然后：

"夏天已经过去了！"他们说。

可是，她还没看过一朵云彩哩，那一小朵、一小朵飘拂过天空的云彩，这里难道没有吗？

于是，她孤独地投身在人群里，人群也以孤独还掷向她。可是，她本来并不一定要这样做的。属于她的夏天并不是这样的，躺在家屋后青青的山坡上，有微醉的南风，开得太乱了的扶桑，和一整个下午的金色阳光。

还有，还有那人从山坡下静静地向她走来。映影在他微仰着的年轻的脸上，便是蓝天里的云彩。

而她本来可以拥有这样的夏天的。

秋雨

她高中毕业时，他曾来向她道贺。

脱下了白衫黑裙，换上一件姊姊做了又不喜欢穿，转送给她的粉色衣裳，女生宿舍的门在她身后变得灰黯了。

到了晚上，下过一场雨，他们还在河滨公园散步。树梢还存着满盈的雨珠，走过一棵树下时，她用手摇了摇枝干，然后轻巧地往前一跳，再回头，走在身后的他刚好站在树下，雨珠洒了他一身，在路灯的光晕里，她笑弯了腰，他也陪着傻笑。

六年过了，也是一个细雨的午后，从福莱堡新城区一个圆形的教堂走出来，弥撒完了，瑞士人呼朋唤友，嘻哈地离去。在欧洲是客，在瑞士她更是客，于是，她又一次孤独地走上归途。红褐色的高跟鞋踩着红褐色的落叶，在一个转角处，一丛横生的低枝拂过她的肩膀，整棵树上的雨珠霎时洒满了她一身，她不禁想起了什么似的站住了。

等她再回到圆山的河滨公园时，又是六年过去，小树已长成亭亭华盖，她也变成了少妇，而粉色衣裳不知到哪里去了。

啊！年华，逝水年华。

冬雪

婚后，体贴的丈夫送给她一只安哥拉猫。

丈夫去实验室的时候，她就坐在长窗前画画，猫就安静地坐在窗台上陪着她。有很多时候，她都只是拿着画笔，凝视着窗外，那灰沉的天空下，正是她几年以前梦寐以求的布鲁塞尔。当年她曾什么都不要，只求能远走高飞，而现在，少妇什么都不想，只求能重闻南国的馨香，这是一种什么样的安排呢？

而有一天，天空越来越暗，终于，雪下来了，猫轻巧地跃上窗台，隔着玻璃，把头仰得高高的来迎接飘下的大片雪花，然后眼睛跟着它旋转、落下。然后又抬起头来看另外一片，全神贯注地追踪着它们的飞舞，它的静止的黑色身影与跃动的白色雪花衬着大而明亮的玻璃产生了一种纯粹的素描才有的美感。

她停下画笔，屏息地注视，忽然明白，假如有一天能回家，她也许又会想念这一刹那了。

而事情果然是这样地发生了。

春雷

　　撑着雨伞，进入教室，开始了她回国后的第一节课。她以为会看到一群陌生的面孔。

　　然而，在她走上讲台，静下来一望以后，她看到的，是几十个光采焕发的面孔，几十个像她从前那样充满了憧憬与渴望的面孔，几十个她……

　　窗外，春天的第一声雷响了，拿起粉笔，她很迫切地，想把这种感觉抓紧。怎么样，才能使自己明白，奔走天涯所寻求的东西，就在家乡。怎么样，才能让另外一代的"她"明白，不要再走一条被愚昧的自我所安排了的路？

　　怎么样，才能让她们知道，她们本来可以拥有的，是多么美丽的一个春天。

一九七三年十二月三十日

爱的絮语

1

丛林中吹过细碎的风,我的孩子从梦中醒来了。双颊温香如蔷薇,黑亮的眼睛在四处搜索、探寻。那神情从睡意朦胧变为惊奇,变为惶恐,再变为忧伤,一直到忽然间看见了她的母亲。于是,笑意霎时从整朵粉红的小蔷薇上荡漾开来:"妈妈,妈妈。"她满足地轻声呼唤我。

而我遂温柔地俯身就她的呼唤,一如亘古以来所有的母亲。

2

在孩子不听话时,我心中充满了懊恼,停止了呼叱,我独自扶着头,坐在角落里，疲倦地流泪了。

而那在一秒钟之前还在疯狂状态的顽童忽然安静下来了，远远地，她用又清又亮的眼睛注视着我。然后蹒跚地爬过来，攀住我裸露的膝头，那温热的小手掌试着要拨开我的双手，"妈妈？""妈妈？"

唯一的字汇可以有多少种变化！妈妈，你别哭了。妈妈，我不再闹了。妈妈，我后悔了。妈妈，我爱你！

3

在从前，玫瑰对我象征甜美的爱，而在今天，它代表危险，因为，它的刺会伤害我的孩子。

在以前，奔跑对我是一种享受。而在今天，我必须慢慢地走，因为我的孩子的脚太小太弱了。

当我是少女时，我怕黑，怕陌生人，怕一切可怕的事物，但当我今天成为母亲时，为了我的孩子，我变成为一只准备对抗一切危险的母狼。

4

孩子，你是在什么时候来到我们身边的呢？

是跟着待产室窗外的曙光来的吗？

还是再早一点，在上一个春天，在那个胖医生向我恭喜时来的吗？

还是更早一点，在我和你的父亲忽然发现屋子太冷清，而邻居婴儿的笑声太可爱时，你已在我们心中成形了呢？在我们的渴望中，你已开始微笑了呢？

而今天你来了，你没让我们失望，果然长得和我们渴望的一模一样。

5

父亲回家了，孩子在门里看见，便跳跃着叫："爸爸，爸爸。"

然后，两只白胖的小手举起她父亲的拖鞋，东歪西撞地跑到门边，一边叫着："爸爸鞋鞋，爸爸鞋鞋。"

那个辛苦奔波了一天的父亲，在一进门的这一刹那就获得满足的补偿了。

6

孩子在小床上说梦话："妈妈打。"然后又翻身睡着了。

但她的被惊醒的母亲却在大床上支着颐，俯视着孩子的小脸，再也无法入睡了。

亲爱的孩子，难道妈妈真的是这样凶，让你在睡梦中也不得安宁吗？你不是妈妈最盼望的礼物吗？你不是妈妈最珍贵的财产吗？当妈妈听到你第一声的啼哭时，那喜悦和感恩的泪水不是曾夺眶而出吗？

为什么，竟然因为不愿意忍受你的自主，你的智慧的成长，或者只因为妈妈疲倦了，便恫吓你，对你生气。孩子，妈妈对不起你。

7

风和日丽，父亲和母亲带着孩子出来散步。街上的人和平常一样，忙着做自己的事。脚踏车店的学徒在补车胎，米店的老板娘在扫走廊，学生在等公共汽车上学校，每个人都和平常一样。

但是，父亲和母亲却不住地向人点头微笑，因为他们正带着那个美丽的孩子出来散步，所以，要不断地用谦虚的微笑来掩饰心中的骄傲和自豪。

一九七二年十月二十八日

猫缘

1

女孩有一个很甜蜜的家。在高高的山坡上,有一个很大的庭园。父亲和姊姊们都爱养狗,因此院子里总有一两只小狗跑来跑去。女孩也很喜欢狗,不过,她最爱的,恐怕是一只尾巴折起来的小黄猫。

那是她上大学时,一个男同学送她的,刚带回来的时候,又瘦又丑,一副不讨喜欢的样子。她耐心地喂食,慢慢地调理,过了一个春天,居然也长得很有模有样了。猫大概自己也知道,坐在墙上晒太阳时,总装得很威武,金黄色的毛闪闪发光。只是母亲有令,猫狗一律不准进屋子,父亲和孩子们只好乘母亲不在家时,偷偷地把宠物抱进来玩一玩。

女孩那时候想出国,晚上常去上西班牙文课,或者法文课,回家总是很晚了,她的猫常常会跑到巷口来等她。有月亮的晚上,刚刚爬上坡,离家门还有好远的距离的时候,猫就认出她来了。巷子里空无一人,忽然之间,从墙上跳下一个东西,在地上打起滚来,虽然明知是她的猫,可是,每次还是会吓一跳。

然后,就会想到这小东西不知道从什么时候就开始等在这里,从高高的墙上引颈等待它的主人,不禁从心里对它又爱又疼起来。就一路咪咪咪地叫过去,猫大概也知道主人的心,所以总是躺在地上撒娇,一直到女孩走近,把它抱起来,它才心满意足呼噜呼噜地靠在她怀中。

2

出国以后,想家想得紧,女孩唯一能解乡愁的方法就是给父母亲写一封又一封的长信,最后总会带上一句,拜托多抱一抱小黄猫。

刚离家,心里总是慌慌的,也不大出去玩,中国同学会的会长硬到她宿舍把她请出来,带她到学生中心去过周末。有中国人的地方是比较温暖,大家挤在厨房里包饺子,女孩虽然不会包,但是跟着打杂,心里也高兴起来了。

"嗨!老兄,怎么不吃饭就走?"会长向餐厅那个方向大声说话,大概有个同学有事要先走。

"抱歉,我约好了去车站接人,等会儿再来,给我留点儿饺子好吗?"那个同学一面回答一面打开门走了。他大概是北方人,说得一口标准国语，声音也非常好听，好像是有一种磁性的男低音。

女孩下意识地从厨房伸头出去看看，却刚好看到关上的门，心中不禁有点失望。她实在有点好奇，想看看有这么好听的声音的人，长得是什么样子。

不知道是车子误点，还是朋友把他带走了，一直到最后一个饺子都被人吃光了为止，那个声音都没出现。女孩想问会长为什么不替他留几个饺子？却又不知道该怎么开口。

有一点怅然，想着下个礼拜还要来。

3

接下来的几个礼拜，学校功课很多，到了周末还要赶作业，加上女孩生性好强，考试总想出人头地，于是，更没有时间出去玩了，早已把这件事情忘记得干干净净。

一直到夏天都到了，会长的一个电话，才又让她去了一趟学生中心。

火车到站时，她自己已认得路，慢慢地找过去。时间还早，图书馆里没人，乒乓球室也没人，餐厅也是空的。到了厨房，只看到有一个高大的男生蹲在角落里忙着，她走过去一看，在刚做好的舒适的窝里，四只圆滚滚的小猫睡成一堆，有白有黑有黄，可爱极了，她不禁叫起来：

"嗳呀！好可爱哟！"一面要伸手去抱。

"小姐，别碰！让它们的妈妈把这碗饭吃完好吗？"

那个男生伸手拦住她,同时还指一下在窝旁不安的老猫,那个老猫可真瘦!

"好可怜的老猫,没东西吃还要喂小的,你看,几天就瘦下来了。"

还是那个男生在讲话,这时候,女孩想起来了,这就是那个她很想看一下的男低音,不禁好奇地对男生看过去,那个男生也正好转过脸来。

于是,故事就这样开始了。

4

两年以后,他们订了婚,再过两年,他们结了婚。

在结婚的前夕,女孩问男孩,他想不想知道,她为什么嫁给他。新郎说想听,于是,新娘就说了,很郑重其事地:

"第一,我爱听你的声音,你的标准国语。第二,因为你爱猫。我想,一个那么爱猫的男生,一定有一颗良善的心,将来除了爱猫之外,一定也爱太太,爱小孩。"

新娘果然没有猜错,她的新郎极爱她,婚后没多久,就给她带回一只很小的安哥拉猫来。

母亲不在身边,新娘极度地纵容这只又小又凶的猫,整天开着房门让它进进出出,到超级市场买婴儿食品回来喂它。让它睡在沙发上它还不知足,总是在新娘刚洗好烫好的衣服堆上睡觉。为了怕它寂寞,还买了几只小鸟,在客厅里做了一个大鸟笼来陪它。

猫也很聪明，能够分辨得出男主人回家的车门开关的声音，一听到那个声音，马上会从鸟笼顶上跳下来，走到屋门前，跳起来抓住门把，把门打开。男主人兴奋得很，每次有客人来就要叫他的猫出来表演，可是见了生人，猫每次都怯场，客人也只好将信将疑地回家了。

要回国时，女主人流着泪把鸟笼拆了，小鸟分送给朋友，猫送给了一个外国老太太，听说也极宠它。

5

回国好多年，他们也有了自己的孩子，女人没猜错，丈夫也很爱孩子。

但是，有了孩子以后，女人变成一个有了洁癖的主妇，整天不停地洗这洗那，常常为了抱一次婴儿而洗上两三次手，总要确定手是完全干净以后，才敢碰孩子。孩子的床一定要没有灰尘，孩子的房间一定要没有虫蚁，猫和狗忽然变成世界上最可怕的东西了。

可是，丈夫却继续爱他的猫，只是，每次他抱一只猫回来，她都会大叫，丈夫只好又送回去。

孩子们慢慢长大了，也跟父亲一样爱猫，有时候也跟着他们的父亲向她哀求，留下一两只猫。

有一天，在房间里给自己的母亲写信，她听到女儿在向邻居介绍：

"这是我们的大咪、二咪。它们还有一个爸爸咪不常回来，它们的妈妈咪给我的妈妈送走了。有时候会有一只母猫跟着爸爸咪回来，我们就叫它情妇咪。那边那个小小的是孤儿咪，是自己跑来的。还有一只丑咪常常来偷吃饭，还有一只客人咪。不过，平常在家的，只有大咪、二咪两兄弟。我爸爸天天喂它们，跟它们讲话。"

"不过，我妈妈很讨厌猫，猫一进屋子她就大叫，我们跟爸爸只好趁她不在家的时候，把猫偷偷地放进来，抱一抱。"女儿的声音带着稚气，却还是一本正经的。

女人对着信纸，不禁微笑起来。傍晚的室内，有一种温馨的柔光。

一九七九年九月

海棠与花的世界

海棠

在读大学的时候,一直想把家装饰一下。有一次用零用钱买了一大盆的棕榈,央人用板车送回北投的家中,摆在客厅里。自己是觉得室内的气氛浪漫起来了,可是父母却笑着摇头,认为我把家变成咖啡馆了。

过了几天,放学回来,棕榈不见了。原来有花贩来过,母亲把它换成了两盆海棠,放在前廊上了。那个下午,对着那两盆红红绿绿、圆圆滚滚的很老式的花,我很生了一阵闷气。当然,我也不敢说什么,只是很痛惜自己的一番心血,而且有点伤心母亲的审美观无法与我的相比。

而我是从什么时候开始改变的呢?是从头一次离开父母出国去读书的时候吗?是当船在黑夜里驶入地中海而惊觉自己是远离家乡的时候吗?是

当身在卢森堡的玫瑰园里,对着满园的花朵一无所觉,只在心中寻找属于中国的那点芬芳的时候吗?还是在身披白纱时,忽然想到母亲也曾这样年轻过的时候呢?

而海棠就是属于年轻时的母亲的花。

在北平深深的院落里,就总摆着好些盆这样雅致而又娇艳的花,少女闲居无事,常会和友伴坐在廊前,一面赏花一面编织着美丽的梦。而春雨就静静地下着,秋风就缓缓地吹着。

而从来没有过那样残酷的战争,从来没有过那样连年的颠沛流离,从来没有一个民族曾忍受过那样多的苦难,于是,那一代的少女没有一个能实现她们的梦。

可是,母亲们都忍受过来了,而且,也从来没听到她们在子女面前诉过什么苦。只是,每一次,在看见海棠花时,总忍不住想要买下来。

要买下来的,不仅是那盆花,还有那盆花里的青春,那盆花里的良辰美景,那盆花里的古老而芬芳的故国。

而我终于明白了我母亲的心了。

花的世界

母亲爱花,我也跟着爱起花来。家住在石门乡间,前后有两个小小的院子,于是,也种了不少杂七杂八的植物,按着季节,也会开出不少好看的花。有时候在廊前一坐,桂花送来淡淡的清香,觉得自己好像也安静古雅了起来。夏天的傍晚,茉莉会不停地开,摘下两三朵放在手心里,所有青春的记忆都会随着它的香气出现在我眼前。我想,我爱的也许并不是花,而是所有逝去的时光,在每一朵花后面,都有着我珍惜的记忆。最早的花朵是一串一串、白白的开在大路两旁的行道树上的,有一种很甜爽的香味。但是,问遍了所有的朋友,也不知道在重庆近郊的公路上,曾经有过那样的一种花。他们都说我当时年纪太小,不可能有印象,所以,一定是一种错误。

我不承认,但是,我也找不出任何证据来证明我并没有记错。好多年了,我一直在找寻那样一棵高高大大的开着一串一串的白花的树,而我一直没有找到。

然后,就是荷花,和我的玄武湖。我只去过一次的玄武湖,却在我心中出现了千百次。

再后来,就是漫山遍野的马樱丹。我的小学时代,几乎都是在长满了这些小朵的粉紫嫩黄的矮树丛里度过的,它的小花其实很漂亮,颜色配得奇妙极了。

然后,茉莉、白山茶、百合都慢慢地进入了我的世界,跟着我慢慢地长大。

最不能忘的是在欧洲的森林里,在那样一个温暖美丽的六月的午后,他摘下了那朵浅黄色的玫瑰给我。

几年以后,在结婚的纪念相册里,我把那朵玫瑰用心地贴在密封的透明胶页下,那是第一朵。

又是好多年过去了，每次翻开相册，玫瑰仍在，而所有的属于那些个夏天的事物都会回来，我几乎还可以闻得到林中松针在太阳下发出的清香。

我总觉得，婚姻大概就是这样罢，两个人一起保有着所有的记忆，一起分享着或者是很重大的沧桑变化，或者，是很小的细微末节，例如一朵小小的花。

有些朋友或者学生，常常会觉得我很容易满足，奇怪我为什么会在很多事情里都能看到较好的那一面。我也不知道为什么，我只是觉得，一切的事物都是互为因果的，尤其是爱情，你若善待它，它一定善待你。

大自然也是这样，你给植物以充分的阳光适量的水，它就还你以怒放的芬芳，没有一朵花是不知道感谢的。

我们并没有很优裕的物质享受，可是，只要有一院子不断地开着花的树，和能够偶尔坐下来闻一闻花香的闲暇，生活就会变得非常的富足了。

在花前，我是个知足的人。

一九八〇年一月

荷花七则

1

有那么多事逼在眼前,有那么多工作要做的我,却差不多花了整个早上的时间来看一朵荷花。

去年从朋友那里拿来的荷,这几天开出了两朵。一朵比较小的先开了,一朵极大的这一两天才开,莲叶田田,红荷出水,迎风有香气,小小的院落竟然古意盎然,芬芳有致起来。

涉江采芙蓉的时代,荷叶与荷花应该就是这个模样了罢。荷真是我的乡愁,对一个古远的时代与古远的爱情的乡愁。那样单纯厚实的造型,却给我以那样动心的感受,只觉得它的每一根线条,每一片色彩都是有渊源,有来处的。

不知道是看多了画中的荷，还是在古远的日子里曾多次涉江采芙蓉，总有一个很奇怪的感觉，总觉得荷花是一个似曾相识的友人，并且，在初遇的那一次就是一见倾心，不忍离去，就这样过了几千年。

2

父亲今年七十，我在长途电话里向他说，我想把六月份在历史博物馆国家画廊的个展献给他，算是向他祝寿的贺礼。父亲在电话那端笑了起来，也不知道是高兴呢还是觉得我很可笑。

从小，在姊妹里面，我就常是那个"可笑"的角色。功课没有她们好，长得没有她们好，偏偏又总希望爸妈能多疼爱我一点，因而就常常会做出很多笨拙得可笑的事来。

可是，所有的一切的努力，也不过只是为了想博得父母欢然和了解的一笑而已。

画展是如期举行了，我画了一张三百号的荷花，整面墙上被我画出满池的花与叶。从钉框到涂底色到构图到完成，整整用了我一年的时间，开幕那天台风过境，暴雨如注，可是我的朋友们只要有空的，都冒着雨来了，而且都喜欢这一张画。

那天，我一直有一种非常深沉的快乐，我一直想着该怎样向父母描述我的快乐；我有这样多爱我的朋友，这样多支持我、鼓励我的朋友，无论如何，这一次，在这一点上，父母总应该以我为荣了罢！

3

前年夏天，在植物园的荷池旁，看一对男女走过我身边，女的长得胖胖的，打扮得很时髦，正大声地对她的朋友说：

"我不喜欢这种花，长得太简单了！"

然后，她就用一种好像受骗了似的生气的样子，快步地走开了，她的男伴只好赶快追了上去。

我正站在树荫下，用速写本子在画荷花，听了她的话，一直忍不住要笑。真的啊！她说的满有道理的。这荷花荷叶长得是太简单了一点，一根长梗子上只有一朵花，另外一根长梗子上又只有一片叶。真的，若不是我们中国人对荷花有一种先入为主的爱恋，若不是有那么多张美丽的画，那么多首美丽的诗，那么多篇美丽的文章告诉我们：该怎样地去爱莲，去欣赏莲，我们也许也会和她一样，觉得这种花长得令人生气的简单哩！

4

一位哲学教授写信给我，为了解开我心中的一个结，他说：

"要出污泥而不染，才算是真正的洁净。"

他的这一句话，我以前也不是没有听过类似的，但是总没有放进心里去。而这一次，一打开信，一看到这一句，我竟然吃了一惊，好像在刹那之间参透了很多世事。所以,佛手上总是拈着一朵,佛身下也总是以莲为座,一定是有所指的罢。他的话才让我明白了莲的本质、爱的本质。枉自画了那么多年的荷,竟然一直没能领会佛说的奥妙。

所有的洁净和美丽的事物,都是值得珍惜的。可是,为了要得到那样的洁净和美丽,只有一条路可走,一条不能害怕也不能躲避的长路。只有走过这条路,才能得到真正的洁净与美丽。

否则的话,我所能得到的也不过只是一种虚幻的假象罢了。

生活原来真是一门复杂的学问,我忽然非常羡慕起哲学家来了,能够把一些苦涩的定理用莲、用菊,或者用松柏来温柔地演绎出来,这些人所具有的该是一种怎样广阔与深沉的胸襟啊!

5

为了要种荷,我先要去买好几个大水缸来,这个倒好办,龙潭街上有间规模很大的五金店,他们有各种尺寸的,也肯替我送到家里来。

可是,要荷长得好,却一定要到水沟里去挖黑泥来放到缸里才行,这一件事,可得要自己来做了。

而我从来没做过这种事。住在乡下,也不是没看过田旁边的那种水沟,那种冒泡泡的黑泥看一眼就会让我头皮发麻,气味更不好闻,平常走过时都会加快脚步的我,这一次该怎么办?

在以前,碰到这种难解决的事我都会推给丈夫去做,可是,那几天他刚好出国去了,而幼苗已经拿回家,再拖下去,这一季恐怕就种不活了。

于是,我只好穿上雨鞋,戴上手套,屏住呼吸,把铲子插进深深的黑泥里,然后再一铲一铲地,开始往缸里放,等到存到三分之一的厚度时,再一缸一缸地往自己家院子里抬过去。

蒋太太是我的好邻居,看不过眼了,来帮我的忙。太阳好大,我们两人合力把装了黑泥的缸抬回家去,那稀烂的泥巴在缸底晃动着,发出很难听的声音和很难闻的气味。我汗流浃背,却一面抬一面在笑,觉得这样狼狈的事,别人看了一定不会了解。平常那样爱干净的人,今天是发了什么疯,把一缸一缸的黑泥尽往家里搬。

真的,有很多事,是要发点疯才能做出来的。

6

从一九六六年二月开始,十几年来,我开了十一次个人画展,参加了更多次的联展,每次展览会开幕那天,我都会好好打扮一下,兴高采烈地去会场,会场里总是会有花、有茶,有我的朋友。

可是,去年,我南下到高雄和一位友人联展,在同样气氛的开幕茶会里,却因为一位观众的一句无心的话而觉得非常的悲伤了。

他那句话倒是很诚恳的,他说:

"你的生活真令人羡慕,轻松又潇洒,像你画的荷花一样。"

在他说这话的时候,画展会场正摆满了花,我们手上各拿着一杯冰洌的饮料,我穿着一件纯白的丝质的衬衫,灰紫的长蓬裙上缀着好多条同色的蕾丝花边,斜斜地坐在会场正中的大沙发上。

我不知道当时我微笑地回答了他一些什么,大概总是一句很有礼貌的话罢。可是,我心里想说的却是:

"你真的看过了我的生活了吗?"

我不知道,他如果到过我深夜的画室里,看过我憔悴的苍白的脸,看过我因为用力钉画布而破皮而流血的手,看过我一次又一次撕毁的草稿,看过我因为力不从心而流下的眼泪之后,他还会继续羡慕我的生活吗?

选择了这样的一种生活,我并不后悔。我悲伤的只是,为什么很多观众都喜欢把画家当做是一个生有异禀的天才,却不肯相信,在这世间,没有一件事情是轻松或者潇洒可以换得来的。

7

不过,在面对着荷花的时候,我也不会去想那些复杂的事的。

每次,面对着荷花的时候,我就会想起夐虹的那一首诗——

《记得》:

你如果
如果你对我说过

一句一句

真纯的话

我早晨醒来

我便记得它

年少的岁月

简单的事

如果你说了

一句一句

浅浅深深

云飞雪落的话

……

  在植物园的荷池旁，是我年少的岁月。十四五岁时用粉蜡笔，十七岁时用水彩，十九、廿岁时用油画颜料；一次一次地，我来画荷。那时候满心想画出一朵与众不同的花来，因而是那样专注地在自己的小小世界里，什么也不听、不看、不想。

  年少的岁月，简单的事啊！是好像有人对我说过一句一句真纯的话，而为什么一直要等到今天早上，等到三十多岁的早上醒来，才开始记得它？

一九八一年十二月十五日

成长的痕迹

山百合

也许事情总是不一定能如人意的。可是，我总是在想，只要给我一段美好的回忆也就够了。哪怕只有一天，一个晚上，也就应该知足了。

很多愿望，我想要的，上苍都给了我，很快或者很慢地，我都一一地接到了。而我对青春的美的渴望，虽然好像一直没有得到，可是走着走着，回过头一看，好像又都已经过去了。有几次，当时并没能马上感觉到，可是，也很有几次，我心里猛然醒悟：原来，这就是青春！

那一个夏天，我快十八岁了，和大学的同学们到横贯公路去写生，住在天祥。夏日的山绿得逼人，有一个下午，我和三个男同学一时兴起，不去和别的同学写生，却什么也不带的，往一座被我们端详了很多天的高山上爬去。那是一座非常清秀的山，被众山环绕，隐隐然有一种王者的气质。

而当我们经过一个多小时累人的攀爬，终于到了一处长满了芳草的斜坡时，天已经慢慢暗下来了。面对着眼前起伏的峰峦，身后一片挺秀斜斜地延展上去的草原，风从下面的山谷里吹上来，我们惊讶地发现，在这高山上，在这长满了荒草的高山上，竟然四处盛开着洁白的百合花。

而在那一刻，我心里开始感到一种缓慢的痛苦，好像有声音在我耳旁，很冷酷地告诉我：你只能有这一刹那而已。在这以前，你没料到你会有，在这之后，你会忘掉你曾有。百合花才是完完全全属于这里的，而你只不过是一个过客，必得走，必得离开。不能像百合一样，永远在这座山峦上生长、盛开。

黄昏时的山峦有一种温柔而又凄怆的美丽，而我心何所归属？三个男孩子躺在我身后的草坡上，大声地唱着一些流行的歌曲，荒腔走板的，一面唱一面笑。青春原该是这样快乐无忧的，而我，我为什么不能和他们一样呢？为什么却怔怔地站在这里，对这些在我眼前盛开着的山百合怀着那样一份忌妒的心思？

是怀着那样一份强烈的忌妒，我叫一位男同学替我采下一大把纯白的百合，我把它们紧紧地抱在怀里，带下山去。

可是，没有用，真的没有用。正如那声音所告诉我的一样，我仍然无法把握住那些逝去的时刻。而那些被我摘下的百合虽然很快地都凋谢了，可是，在我每次回想起来的时候，它们却总是依旧长在那有着淡淡的斜阳的高山上，盛开着，清纯而又洁白，在灰绿色的暮霭里，对我展现出一种永不改变和永远无法触及的美丽。

那一轮月

因此，在那个晚上，当月亮照进那古老的山林里的时候，我必也曾深深地感动过罢。

当时那样的年轻，总以为这些时刻是本来就会出现的，是我该享有的，心里的感动只是因为它们出奇的美丽而已。却一点也没想到，能有那样的一个晚上，能在初春的季节来到那样高的一座山上，能有那样一大片郁郁苍苍的林木，能有那样一整夜清清朗朗的月光，实在是一种人间稀有的遇合，一场永不会再重现的梦境。

那天晚上，站在那条曲折的山径前的时候，我刚刚二十岁，月亮刚刚从山边升起。

那是怎样的一轮月啊！

在它还没出现的时候，世界一片阴暗，小径显得幽深可怕，我几乎没有勇气举步。而当月亮从山后升起来的时候，就在那一刹那之间，所有的事与物都和月亮一样，对我发出一种如水般清明透亮的光泽，我的心也在那刹那之间，变得饱满、快乐和安详。

幸福有时候就只是种非常单纯的感觉而已。在那一夜，当我顺着那一条长满了羊齿植物的小径，缓缓地往山上走去的时候，也许是因为路的迂回，也许是因为心中的快乐，竟然一点也不觉得攀爬的辛苦和费力。

走到一块林木稍微稀疏的空地上，刚好有几块大石头可以让我们坐下来休息一下，当我抬头仰望天空的时候，只觉得那些树怎么长得那样直，那样高。月亮在那样清朗的天空上如水银般直泻下来，把我整个人都浸在月光里，觉得心也变得透明起来了。青春真如醇酒，似乎都在那夜被我一饮而尽，熏然而又芬芳。

那是怎样的一种青春啊！

而并不是夜夜都能有那样一轮满月的，也并不是人人都能遇到那样的一轮满月的。青春的美丽与珍贵，就在于它的无邪与无瑕，在于它的可遇而不可求，在于它的永不重回。

而今日的我，在怅然回顾时的我，对造物的安排，除了惊讶与赞叹之外，还有一份在年轻的日子里所没能察觉到的，一份深深的信服与感激。

八里渡船头

说不上来是为了什么。每一次，在眼前的工作越积越多的时候，在又忙又累地拼过一阵子以后，或者，在心里若有所失的时候；我就很想一个人再去一次淡水。

只想去走一趟那条长长窄窄的老街，想去坐一趟渡船，再渡一次，渡我到对岸。

对岸就是那个古旧的地方，那个很早很早的时候就有的地方，那个有着一个很朴拙和温柔的名字的地方——八里渡船头。

在这世界上，很多事与物都会改变，而且改变得很快，改变得很大，因此，我已经开始提防起来了。每次在碰到那样的时刻的时候，心里就早已筑起一座厚厚的墙，把最柔弱的一处保护起来，竭力使自己不要受伤。几次之后，墙越筑越厚，在日子久了以后，竟然会忘了在自己的心中，曾经有过一处不能碰触的弱点了。

可是，当有一次，不能置信的一次，在面对着经过那么多年，仍然坚持着，怎样也不肯改变，并且依然如年轻时那样对我微笑，爱怜地俯视着我的那一座山峦时，我心中最柔弱的那一点忽然苏醒了，并且以惊人的速度膨胀了起来。

那是一个初冬的下午。好多年没有来了，在一个偶然的机缘之下，我坐上了渡船。心里本来是很烦躁的，因为要应付那么多陌生的人，要说出那么多客套的话，那样地勉强和不情愿。可是，当我走到淡水港边那个古旧的码头前时，忽然觉得有些什么东西似曾相识，有些什么非常安静的气氛进入我心中，使得我整个人也逐渐地安静了下来。

上了船以后，船慢慢往对岸过去。海风就一直吹着我的脸和我的衣裳，水鸟从船头掠过。我静静地凝视着对岸的观音山，那对我逼近的山色，忽而碧绿，忽而灰蓝，忽而淡紫，而每一种变化与每一种颜色都似曾相识。

是了！那就是一直萦绕在我心中的那种记忆和那种颜色。无法叙述、无法描绘也无人能相信的那种心事，还有，还有那在很年轻的时候就有的那种忧伤。

隔了那么多年，重来过渡，忧伤竟然还在那里。在暮色苍茫的渡口前，在静静地俯视着我的山峦之间，忧伤竟然还在那里等待着我。而那一刹那，我心里最柔弱的那一部分终于被触痛了，伤口重新裂开，热血迸出，泪如泉涌。

原来，原来世间一切都可伤人。改变可以伤人，不变却也可以伤人。所有的一切都要怪那颗固执的怎样也不肯忘记的心。

原来，年轻的时候感觉到的那种不舍，那种对造物安排的无奈，在二十年后，竟然又重新而且非常强烈地来到心中。尽管周遭有些事物确然已经改变了，尽管有许多线索与痕迹都已经消失了，却仍然有些不变的见证还坚持地存在着。那就是迎面而来高高耸立的观音山，和陡削狭窄长长地延伸到海中的——八里渡船头。

从此，这一处地方就变成了我的一种隐秘的疼痛，也因而更变成了一种隐秘的安慰。每当我想逃离永远堆积在眼前的工作的时候，每当我心里觉得非常疲倦的时候，我就很想一个人再去一次淡水。

想去走一趟那条长长窄窄的老街，想去再坐一趟渡船，再渡一次，渡我到对岸。

渡我到我的对岸。

在南下的火车上

有时候，对事物起了珍惜之心，常常只是因为一个念头而已，这个念头就是——这是我一生中仅有的一次，仅有的一件。

然后，所有的爱恋与疼惜就都从此而生，一发不可遏止了。而无论求得到或者求不到，总会有忧伤与怨恨，生活因此就开始变得艰难与复杂起来。

而现在，坐在南下的火车上，看窗外风景一段一段地过去，我才忽然发现，我一生中仅有的一次又岂只是一些零碎的事与物而已呢？

我自己的生命，我自己的一生，也是我只能拥有一次的，也是我仅有的一件啊！

那么，一切来的，都会过去，一切过去的，将永远不会再回来，是我这仅有的一生中，仅有的一条定律了。

那么，既然是这样，我又何必对某些事恋恋不舍，对某些人念念不忘？

既然是这样，为什么在相见时仍会狂喜，在离别后仍会忧伤？

既然没有一段永远停驻的时间，没有一个永远不变的空间，我就好像一个没有起点没有终点的流浪者，我又有什么能力去搜集那些我珍爱的事物？搜集来了以后，又能放在哪里？

而现在，坐在南下的火车上，手不停笔的我，又为的是什么呢？

我一直觉得，世间的一切都早有安排，只是，时机没到时，你就不能领会，而到了能够让你领会的那一刹那，就是你的缘分了。

有缘的人，总是在花好月圆的时候相遇，在刚好的时间里明白应该明白的事，不多也不少，不早也不迟，才能在刚好的时刻里说出刚好的话，结成刚好的姻缘。

而无缘的人，就总是要彼此错过了。若真的能就此错过的话倒也罢了，因为那样的话，就如同两个一世也没能相逢的陌生人一样，既然不相知，也就没有得失，也就不会有伤痛，更不会有无缘的遗憾了。

遗憾的是那种事后才能明白的"缘"。总是在"互相错过"的场合里发生。总是在擦身而过之后，才发现，你曾经对我说了一些我盼望已久的话语，可是，在你说话的时候，我为什么听不懂呢？而当我回过头来在人群中慌乱地重寻你时，你为什么又消失不见了呢？

年轻时的你我已是不可再寻的了，人生竟然是一种有规律的阴错阳差。所有的一切都变成一种成长的痕迹，抚之怅然，但却无处追寻。只能在一段一段过去的时光里，品味着一段又一段不同的沧桑。可笑的是，明知道演出的应该是一场悲剧，却偏偏还要认为，在盈眶的热泪之中仍然含有一种甜蜜的忧伤。

这必然是上苍给予所有无缘的人的一种补偿罢。生活因此才能继续下去，才会有那么多同样的故事在几千年之中不断地上演，而在那些无缘的人的心里，才会常有一种似曾相识的模糊的愁思罢。

而此刻，坐在南下的火车上，窗外的天已经暗下来了。车厢里亮起灯来，旅客很少，因而这一节车厢显得特别的清洁和安静。我从车窗望出去，外面的田野是漆黑的，因此，车窗像是一面暗色的镜子，照出了我流泪的容颜。

在这面突然出现的镜子前，我才发现：原来不管我怎样热爱我的生活，不管我怎样惋惜与你的错过，不管我怎样努力地要重寻那些成长的痕迹，所有的时刻仍然都要过去。在一切的痛苦与欢乐之下，生命仍然要静静地流逝，永不再重回。

也许，在好多年以后，我唯一能记得的，就是在这列南下的火车上，在这面暗色的镜前，我颊上的泪珠所给我的那种有点温热又有点冰冽的感觉了罢。

一九八一年十二月十日

辑二　　窗内

我的记忆

学生们一向和我很亲，上课时常常会冒出一些很奇怪的问题，我也不以为意，总是尽量给他们解答。

有一天，一个胖胖的男生问我：

"老师，你逃过难吗？"

他问我的时候还是微笑着的，二十岁的面庞有着一种健康的红晕。

而我一时之间，竟然不知道该如何回答。

*

我想，我是逃过难的。我想，我知道什么叫逃难。在黑夜里来到嘈杂混乱的码头，母亲给每个孩子都穿上太多的衣服，衣服里面写着孩子的名字，再给每个人手上都套上一个金戒指……

我知道逃难，我想我知道什么叫逃难。在温暖的床上被一声声地唤醒，被大人们扯起来穿衣服、穿鞋、围围巾，睡眼惺忪的被人抱上卡车。车上早已堆满行李，人只好挤在车后的角落里，望着乳白色的楼房在晨雾中渐渐隐没，车道旁成簇的红花开得惊心。而忽然，我最爱的小狗从车后奔过来，一面吠叫，一面拼了全力在追赶着我们。小小心灵第一次面对别离，没有开口向大人发问或恳求，好像已经知道恳求也不会有效果。泪水连串地滚落，悄悄地用围巾擦掉了，眼看着小狗越跑越慢，越来越远，而五六岁的女孩对一切都无能为力。

然而，年轻的父母又能好多少呢？父亲满屋子的书没有带出一本，母亲却带出来好几幅有着美丽的花边的长窗帘，招得亲友的取笑："真是浪漫派，贵重的首饰和供奉的舍利子都丢在客厅里了，可还记得把那几块没用的窗帘带着跑。"

谁说那只是一些没用的物件？那本是经过长期的战乱之后，重新再经营起一个新家时，年轻的主妇亲自出去选购，亲自一针一线把它们做出来，再亲手把它们挂上去的，谁说那只是一些没用的物件？那本是身为女人的最美丽温柔的一个希望啊。

在流浪的日子结束以后，母亲把窗帘拿出来，洗好，又挂在离家万里的窗户上，在月夜里，微风吹过时，母亲就常常一个人坐在窗前，看那被微风轻轻拂起的花边。

这是我所知道的逃难，而当然，还有多少更悲伤更痛苦的不同的命运，我们一家相比之下，反倒是极为幸运的一家了。年轻的父母是怎样牵着老的、带着小的跌跌撞撞地逃到香港，一家九口幸而没有在战乱中离散。在这小岛上,我们没有什么朋友,只是一心一意地等待,等待着战争的结束,等待着重返家乡。

父亲找到一个刚盖好的公寓,门前的凤凰木还新栽下去不久,新铺的红钢砖地面还灰扑扑的都是些细碎的砂石,母亲把它们慢慢地扫出去。父亲买了家具回来,是很多可以折叠的金属椅子,还有一个可以折叠的同样质料的方桌子,摆在客厅里,父亲还很得意地说:

"将来回去的时候还可以带着走。"

全家人都接受了这种家具。尽管有时候吃着吃着饭,会有一个人忽然间被椅子夹得动弹不得。或者晚上做功课的时候,桌子会忽然陷下去,大家的书和本子都混在一起,有人乘势也嘻嘻哈哈地躺在地上,制造一场混乱。不过,大家仍然心甘情愿地用这些奇妙的桌椅,因为将来可以带回去。

一直到有一天,木匠送来一套大而笨重的红木家具,可以折叠的桌椅都不见了。没有人敢问一句话,因为父亲经常锁紧眉头,而母亲也越来越容易动怒了。

香港公寓的屋门上方都有一个小小的铁窗,窗上有块活动的木板,我记得我家的是块菱形的,窗户开得很高,所以,假如父母不在家而有人来敲门时,我们就需要搬个椅子爬上去,把那块木板推开,看看来的客人是谁。

我们的客人很少,但是却常常有人来敲门,父母在家时,会不断地应门,而在有事要出去的时候,总会拿出一叠一毛或者五分的硬币放在桌上，嘱咐我们，有人来要钱时就拿给他们。

我们这些小孩从来都不会搞错，什么人是来拜访我们的而什么人是来要钱的。因为来要钱的人虽然长得都不一样，却都有着相同的表情，一种很严肃、很无奈的表情。他们虽然是在乞讨，却不像一个乞丐的样子。他们不哭、不笑、不出声；只在敲完了门以后，就安静地站在那里，等我们打开小窗，伸出一只小手，他就会从我们的手中接过那一毛钱或者是两个斗零（五分），然后转身慢慢走下楼去，从不道一声谢。

在一天之内，总会有七八个，有时甚至十一二个人来到我们的门前，敲门，拿了钱，然后走下楼去。我们虽然对那些面貌不太清楚，但是却知道绝不会有人在一天之内来两次，而且，也知道，在一个礼拜之内，同一个人也不会天天来，有时候也会加上一些新的面孔，而那些面孔，常常都是很年轻的。

我们不知道他们从哪里来，也不知道他们要去哪里。可是，我猜他们拿了钱以后是去下面街上的店子里买面包皮吃的。我看过那种面包皮，是为了做三明治而切下的整齐的边，或者是隔了几天没卖出去的陈面包，有好心的老板，仍然把它们像糖果一样地放在玻璃罐子里，也有些面包店就把它们乱七八糟地堆在店门口的篓子里，给他一毛钱，可以买上一大包。

有时候，在公寓左边那个高台上的修女办的医院也会发放这种面包皮。那些人常常在去过医院以后，再绕到我们家来。我们在三楼，可以看到他们一面嚼着一面低头向我们这边走过来。他们从不会两个人一起来，总是隔一阵子出现一个孤单的人，隔一阵子，传来几响敲门的声音，我和妹妹就会争着挤上椅子,然后又很不好意思地打开那扇小门,对着一个年轻却憔悴的面孔,伸出我们的小手。

日子就这样一天天地过去,门外的面孔按时出现。夏季过去,我进了家后面山上的那个小学,新学校有一条又宽又长的阶梯,下课时常常从阶梯上跳着走回家,外婆总会在家门前的凤凰树下,带着妹妹和弟弟,微笑地迎接我。

学校的日子过得很快乐,一个学期过了,又是一个学期,然后妹妹也开始上学,我们在家的时间不多,放了学就喜欢在凤凰木底下消磨,树长得满高的了,弟弟跟在我们身后跑来跑去,胖胖的小腿老会绊跤。

"姥姥,怎么现在都没人来跟我们要钱了?"

有一天妹妹忽然想起来问外婆。可不是吗?我也想起来了,这一向都没看到那些人,他们为什么不来了?

外婆一句话也不说,只是深深地叹了口气,然后就牵着弟弟走开了,好像不想理我们两个,也不想理会我们的问题。

后来,还是姊姊说出来的:家里情况日渐拮据,一家九口的担子越来越沉重,父母再余不出钱来放在桌子上。而当有一天那些人再来敲门时,父亲亲自打开了屋门,然后一次次地向他们解释,我们已经没有能力再继续帮助下去了。奇怪的是,那些一直不曾说过谢谢的人,在那时反而都向父亲深深地一鞠躬后才转身离去。

向几个人说过以后,其他的人好像也陆续地都知道了,两三天以后,就再也没有人来我们家,敲我们的门,然后,安静地等待着我们的小手出现了。

姊姊还说：

"爸爸不让我们告诉你们这三个小的，说你们还小不要太早知道人间的辛苦。可是，我觉得你们也该多体谅一下爸爸妈妈，别再整天叫着买这个买那个的了……"

姊姊在太阳底下眯着眼睛说这些话的样子，我到今天还记得很清楚。

我不知道，我是不是从那天起开始长大？

*

我始终没有回答我学生的那个问题。

不是我不能，也不是我不愿，而是，我想要像我的父母所希望的那样，要等到孩子们再长大一点的时候才告诉他们，要他们知道了以后，永远都不忘记。

一九七九年四月

几何惊梦

总是会做这样一类的梦：知道这一堂要考试，但是在大楼里上上下下，就是找不到自己的教室。要不然就是进了教室，老师来了，却发现自己从来没上过这么一门课，也没有课本，坐在位子上，心里又急又怕。

还有最常梦到的一种，就是：把书拿出来，却发现上面一个字也看不懂，而其他的人却笃定得很。老师叫我起来，我张口结舌，无法出声，所有的同学都转过头来，用一种冷漠、不屑的眼光看我，使得我在梦里都发起抖来。

醒来的时候常常发现整个人紧张得都僵住了，要好半天才能缓过气来，心里好像压着一块重东西，非要深呼吸几次才能好转，才能完全恢复清醒。醒了以后，在暗暗的夜色里，自己会在床上高兴得笑起来，庆幸自己终于长大了。

终于长大了，终于脱离了苦海了。那个苦海一样的时代，噩梦一样的时代，要上数学、上物理课的时代，我终于不必再回去了。

初中二年级，从香港来考联合招收插班生的考试，考上了当时的北二女（现在的中山女高），被分到初二义班，开始了我最艰难困苦的一段日子。奇怪的是，在香港的小学时代，我的脑子好像还可以，算术课也能跟得上，可是，进了北二女后，数学老师教的东西，我没有一样懂。

那是一种很不好受的滋味：老师在台上滔滔不绝，同学在台下听得兴味盎然，只有我一个人怔怔地坐着，面前摆了一本天书。我尽量想看、想听，可是怎么也进不去她们的世界里。我唯一能做的事，就是用一支笔在天书上画图。一个学期下来，画出一本满满都是图画的几何或者代数，让我家里的补习老师叹为观止，还特意拿了一本回去给他的同学看。那些在理工学院读书的男生看过以后，都没有忘记，隔了快二十年的时间，还有人能记得我的名字，还会跑来告诉我，他们当年曾经怎样欣赏过我的数学课本。

当然，在二十年后的相遇里，提起这些事情实在是值得开怀大笑一场的，不过，在那个时候，在我坐在窗外种满了夹竹桃的教室里的那个时候，心情可是完全不一样的。

在那个时候，数理科成绩好的，才能成为同学羡慕的好学生，而文科再好的人，若是数理差，在班上就不容易抬起头来。记得有一次，我得了全初三的国文阅读测验第一名，名字公布出来，物理老师来上课的时候，就用一种很惋惜的口吻说：

"可惜啊！国文那么通，怎么物理那么不通呢？真是可惜啊！"他一面笑一面摇头。

同学们也都回过头来对我一面笑一面摇头，大概因为我刚得了奖的关系，班上还弥漫着一股温和友爱的气氛。可是，有一次却不是这样的。

那一次，也是全班都回过头来对我看，我的座位是最后一排最靠窗边的一个位子，数学老师刚刚宣布了全班上一次月考的考试和平常分数，我是最后还没有揭晓的一个人，老师问我：

"席慕蓉，你知道你得了几分吗？"

她的声音很冷，注视着我的眼光也好冷。全班的同学一起回过头来盯着我看，我整个人僵住了，硬着头皮小声地回答：

"不知道。"

"让我告诉你：月考零分，平时零分。"

一霎时，四十多个人的眼光里，那种冷漠，那种不屑，那种不耻与我为友的态度都很明白地表示出来了。对一个十二三岁的女孩来说，实在是需要一点勇气才能承担起那样一种无望与无告的困境的。奇怪的是，本该落泪的我那时并没有流一滴泪，只是低下头来等着那一刹那过去，等着让时间来冲淡一切、补救一切。

表面上，日子是一天一天地过去了，而在夜晚，冰冷的梦境从此一次次地重演，把我拉进了最暗最无助的深渊。

那个时候，好恨老师，也好恨自己。家里为了我，补习老师是不断的。可是，当时没有一个人知道，我是个天生的"数字盲"。假如世界上真有这种病症的话,我就是这种人。和"文盲"不同,文盲只要能受教育,就可以治愈,而数学盲却是永远无药可救的。

跌跌撞撞地混到初三下,数学要补考才能参加毕业考。补考的头一天晚上,知道事态严重,一个晚上不敢睡觉,把一本几何从头背到尾,心里却明白,这样并没有什么用,不过只是尽人事而已。

第二天早上,上数学课时,讲到一半,老师忽然停了下来,说要复习,就在黑板上写了四题让全班演算。我是反正照平常的样子在数学簿子上把数目字乱搬一气,心里却一直惦记着下午的补考。

下课以后,老师走了,班上的同学却闹了起来。她们认为,这四题和正在教的段落毫无关系,没头没脑的四条简单的题目出在黑板上,老师一定别有用心。

数学补考是定在下午第一堂,地点是在另外的一个教室里,我们班上要补考的人有七个,忽然之间成了全班最受怜爱的人物了。

三十几个优秀的同学分成七组,每一组负责教会一个。教了半天没有效果,干脆把四题标准答案写出来教我们背,四题之中,我背会了三题,在下午的补考试卷上得到了七十五分,终于能够参加毕业考,终于毕了业。

那么多年过去了,那天的情景却也始终在我心中。假如说:初中两年的数学课是一场噩梦的话,那么,那最后的一堂课却是一场温馨美丽的记忆。我还记得那些同学一面教我们,一面又笑又叹气的样子,教室里充满了离别前的宽容和依依不舍的气氛,那样真挚的友爱温暖了我的心,使得从来不肯流泪的我在毕业典礼上狠狠地哭了一场。而在讲台上坐着的数学老师和国文老师一样，都在微笑地注视着我，她们一样关切和一样怜爱的眼光，送我离开了我的初中时代。

终于逃脱了那个噩梦，我是绝不肯再回去的了。所以，高中就非要去读台北师范的艺术科不可，因为我仔细查过他们的课程表，一堂数学也没有。

当然，现在有很多人会说：我是从小就喜欢画画，加上初中时美术老师的鼓励，所以毅然决然地选择了这一条路的。其实，事情并不全是这样，我其实并不一定要学画的。与其说是美术老师鼓励我，倒不如说是数学老师逼着我走上的这一条路，因为，除此以外，我无路可走。

不过，我现在无论怎么向人家解释，人家都不会相信，他们总是微笑地说：

"哪里！你太客气了，你太谦虚了。"

而只有在我常做的那个噩梦里，他们才会相信我，才会一起转过头来，用那种冷冷的眼光注视着我，使我一次又一次地重新掉进那无望无告的深渊。

一九八一年十一月

花的联想

1

我很喜欢花。看花、画花都是我平日常做的事。但是,很奇怪,一朵两朵的花,除非是长在很特别的地方,或者开在很特别的时间里,否则的话,我都不会太在意它们。可是,每次看到一大丛一大丛的花,众多的花苞像发了疯似地绽放时,我的心情就会紧张起来,好像有些什么负担,重重地压在我心上,让我喘不过气来。

前一阵子,在师专的校园里,对着满树的白山茶着急。每次去上课时,都会抽空画上几张速写,但是总觉得画得不够,无论是铅笔或者是粉彩,我都没能好好地把山茶的洁白与美丽表现出来。怎么办?怎么办?每个星期都要这样惶惶然地自己问自己。

一直到有一天，发了狠去旧女生宿舍的废园里，从大山茶树上摘下一枝，枝上有好几朵已开、要开、未开的，每一朵有每一朵不同的表情。心里知道摘花是不对的，因此拿着花走过教室走廊前时颇为忐忑，可是又安慰自己，假如能好好地画出几张画来，也就算对得起这些花了。

我果然好好地画起来了，当天晚上在画室里画到很晚，画成一张素描。第二天整个一天坐在画架前，画出一张十五号的油画。从早上画到晚上，十二个钟点里只画出一朵，可是，是又白又干净的一朵，于是，人才慢慢地安静下来。第三天，瓶中的山茶依然无恙，早上的画室，有一种柔和的光影，我拿出一个四十号的画布，坐下来，把整个画室和茶花之间的颜色都画了上去，一天就这样过去了。到了晚上，我把粗稿完成，心里觉得，终于没有辜负了这一季，没有让山茶白白地又开了一次，觉得，有了这几张作品，才对得起校园里几百朵几千朵的茶花。然后，下个礼拜，再去上课，就不再那样慌乱和紧张了，甚至，也不再去注意那些仍然还在零落地开着的山茶了。

这是一种什么样的心理呢？住在石门水库，宿舍区的草坪上种满了杜鹃，每个春天，骑车从草坪旁经过，遥看那酝酿着的一层密似一层的花苞，便觉得整个心都闹起来了。

前两年孩子太小，不大能出门，春天常常快过去了才被我看见。前年，在草坪上有一丛粉色的杜鹃，开得已呈疲态了才在驱车经过时匆匆地瞥了一眼，心里好难过，几乎要流下泪来。那样仓促的春天，怎么能就那样地对待一个春天？一个满满的都是花的春天。

因而，从去年开始，我就不再放过了。坐在草坪上，对着一大丛一大丛的杜鹃画了个够。也许因为我贪心，发现五十号、四十号的画都不过瘾，于是，在画室里钉了一个一百二十号的大框子，绷上画布，刷好底色，我几乎是摩拳擦掌地开始画我的《杜鹃的狂欢节》。

好几个春天的夜晚，我在画室里待到午夜过后两三点才休息。我的画室就在家屋的对面，晚上好静，关上画室的门，横过巷子走回家，廊下的灯是家人为我留下的。灯光透过刚发芽的槭树的嫩枝，春夜的空气潮湿而又温暖，我在树下，觉得自己的心也和这春夜一般柔润，充满感激。

工作得起劲的时候，心里总是快乐和满足的。

2

今天在新竹的花店里看到小苍兰，小小一把就卖上十块钱，可是是又香又柔又多姿的小花小叶，我实在没法离开。挑了几小把，拿在手上，花开得不多，尖端尽是些绿色的小花苞，花店的女主人告诉我，它们每一个花苞都会开。她说话时的神情好像在向我保证：我的每一块钱都花得值得。

我当然相信她，因为你只要看一眼小苍兰，你就会相信它是一种很尽责的花。每一枝都长得极为婀娜，好像每一枝都有每一枝的故事。

我中午就买了，下午三堂课的时间都把它插在水里。每个同学走过，我都会叫他们来看，和我一起来享受。下课后就把它从水里拿出来，放在车上带回家。车在高速公路上奔驰的时候，它的幽香仍一阵阵地传过来。

而此刻，把它插在玻璃瓶里，放在桌上。灯下，花的颜色是一种带绿带白的柔黄。你可以顺着它生长的方向一枝枝地看过来，好像在读一首诗。不像其他的花，不像玫瑰或者菊花，只能一团一团地看，小苍兰是可以一笔一笔地读出来的花。

3

那么，对我来说，荷花又是什么呢？

前几年，孩子小时，白天在报纸上看到《联合报》的记者陈长华，在副刊上写了一篇短文，说荷花又开了，在植物园的荷池旁有多少美丽的景致。看着看着，心里竟妒忌起她来。到了晚上，孩子饿了哭着醒来，我一面冲奶，一面狠狠地照顾着，也仍然只有一个念头在心里："明年荷花开时，一定要去画。"

到了第二年，果然早早地去了，好几个炎热的下午，对着满池的荷，狠狠地画了几张，心病就好了。要再犯病，大概就是下一季的事了。

荷花，对我来说，到底是什么呢？

不管是佛手上拈着的那一朵，还是佛座下盘着的那一朵；是瓦当，还是笔洗；不管是敦煌的，还是玄武的，荷花是我心中与眼中最爱的那一朵，是我最弱的一点。

荷，是我无止境的乡愁。

我从来没想到，会有人不喜欢荷，会有人和我不一样。好几个夏天，我嘟囔着要美术科的同学和我一起去植物园写生，我总催他们快去，快去画荷。

一直到有一天，我记得是添明，他要笑不笑地对我说："老师，你为什么要催我们去画荷花呢？老实说，我们并不太喜欢荷花的样子。"

我想，我当时回答他的声音一定很大，因此，他的脸又红了，他是个很爱脸红的同学。可是，我实在没想到，会有人不太喜欢荷花，怎么可能？怎么可能？

隔了很久，我才能接受这个事实：每个人有他不同的生活经验，因而也有了不同的喜好。其实，上油画课时，我自己也常爱强调这一点，但是，真到了自己身上，很多感觉又不一样了。

4

蔡老师有一次兴致来了，把我们好几位老师比做花，哪一位老师像什么花，哪一位又像哪一种花。我听了之后，觉得其实我们的一生和花的一生也实在没有什么分别。

我们都一样，都只有一个春天，只有一次开花的机会。你们大概从没看过有哪一种花是开了一次，还可以开第二次的罢？树可以有第二或第三、第四个春天，而对一朵花来讲，春天是只有一次的。

美五教室前的那棵木棉，年年开了一树透红的英雄花，连凋谢时也是一种坠地有声的壮烈的美。而我们操场边上那棵凤凰木则是一棵很出名的树,每年夏天,都会有些美术老师,从台北,或从台中问我们:"它开花了没有?"

而每一朵花,只能开一次,只能享受一个季节的热烈的或者温柔的生命。我们又何尝不一样?我们只能来一次,只能有一个名字。

而你,你要怎样地过你这一生?你要怎样地来写你这个名字呢?

一九八〇年三月二十九日

白发吟

敬悼恩师莫大元教授

  克明、悦珍、富美、康丽：莫老师已经走了，你们知道吗？宝芬、珀英、春莘、维平，那样爱我们、宠我们的莫老师已经走了，你们知道吗？

  莫老师是在今年一月廿六日上午以九十高龄逝世的，二月二日我去参加了追思礼拜，来了好多老师好多校友。宣广也来了，我们师大艺术系五二级的同学那天只有我们两个，算做是你们大家的代表。在向莫老师灵前鞠躬的时候，我真替你们几个向莫老师道了别，我觉得，莫老师似乎仍然含笑地在听我们唱歌，唱那首他最爱听的歌。

  你们现在散居在各处，香港、纽约、巴黎、多伦多；有的人已经好多年没见面了，可是，我相信，假如我要要求你们回来，为师母唱那一首歌的话，你们一定会愿意的罢。

　　我回国以后，也并没常和老师见面，而见了面的那几次，也总忘记问老师，他到底向师母唱了那首歌没有？那时候，总认为，下次还有机会。老师身体又那么健康，下次见面再问好了。却没想到，毕业十几年，我们之中，终于没有一个人能知道，莫老师到底唱了那首歌没有？

　　在追思礼拜中，因为来的人太多，我们很多人都只好站在外面，进不去灵堂，我也没看到师母。或者，不如说，我没敢去找师母，我不知道，我要如何才能向她说出藏在我心中那么多年的那句话。

　　一年级时，莫老师教我们用器画，我是最坏的学生之一。不会用圆规和其他仪器，也没有任何数字概念，老师在台上说的什么我完全不能了解，一切都只靠死记死背。那时候，莫老师极为严厉，不苟言笑，我好怕他，每次上课都战战兢兢的。

　　到了二、三年级，莫老师好像没教我们什么课，可是，他又好像常常在我们的身边。我们画得好他高兴，画得坏他也来打气，慢慢地，我觉得他外表虽然很凶，内心实在非常慈和，有时候，在走廊上他远远地叫住我时，我也不会吓一跳了。在他的面前，我终于变得从容起来。我想，你们应该也是一样罢。

　　到了四年级，莫老师带我们实习参观时，我们已经被他宠得非常放肆了。他带着我们，就像个白发的爷爷带着一群吱吱喳喳的小孙女。现在回想起来，莫老师那年也有七十多岁了，还带着我们上山下海地去环岛旅行，身体实在非常健康。他的腰总是挺得直直的，两眼总是炯炯有神。在他面前，很奇怪的，我们自然地就变得爱娇起来，那是一种多么幸福的心境。

也就是在那样的心境之下，我们才发现了严肃的老教育家胸怀中的那个秘密的罢。

那天，坐小火车上阿里山，一个转弯又一个转弯，我们慢慢地从热带进入温带。车窗外的树越来越秀气，云雾在林间缠绕，空气潮湿而又清香。在车厢里的我们自然地散坐成几个集团，爱唱歌的几个围绕着莫老师坐着，有的和莫老师一样坐在椅子上，有的就坐在老师膝前的地上。春莘开始唱起歌来，宝芬总是做第二部的和声，我们唱了好几首歌以后，莫老师忽然说：

"再唱一次刚刚那首歌好吗？"

我们怔了一下，刚刚唱的是哪一首呢？康丽反应比较快，马上开始重新哼起来，于是，我们又一起跟上去，微笑地面对着莫老师，我们唱着：

> 亲爱我年已渐老
> 白发如霜银光耀
> 可叹人生譬朝露
> 青春少壮几时好
> 唯你永是我爱人
> 永远美丽又温存
> 唯你永是我爱人

永远美丽又温存

莫老师含笑地聆听,车厢里很安静,其他的同学也微笑地注视着我们,窗外云一朵朵地飞过,山一片片地掠过,火车越爬越高。

唱完了一遍以后,莫老师又要我们再唱一遍,因为,他说:

"我好想学会这首歌,回去唱给你们师母听。我觉得,这首歌好像就是为我们作的。"

怎么可能!那样威严的老师,那样慈和的爷爷,怎么可能会有这样浪漫的一种念头呢?

当时,全车厢的同学都哄笑起来,有吹口哨的,有大声喊叫的,有红着脸对望的;没有一个人不觉得这是件非常滑稽的事。

可是,莫老师说:

"真的,你们不要笑我。你们师母和我结婚这么多年,我没有一天不爱她敬她。可是,有些话并没有告诉她。刚才听你们唱这首歌,觉得它好像替我唱出了我心里的感觉,我真的想跟你们学,学会了我回去就唱给你们师母听,她一定会很高兴的。"

莫老师的样子没有变,莫老师的声音没有变,可是,在我的心里,在我的眼中,莫老师再不是以前的莫老师了。透过他的白发,我似乎能看到他那颗热烈的心。

莫老师是在日本留学的,是不是也是在日本遇到师母的呢?是四十年前的事,还是五十年前的事呢?在车厢里,在我们眼前的巍巍长者,不也曾是从俊秀的春日里走过来的吗？在我们印象里，一直和蔼沉静的师母，不也曾是姣好的樱花下的中国少女吗？爱情不也是该属于他们的吗？爱情并不是只该属于二十岁的我们的，像莫老师那样的爱，又岂是我们那样的年龄可以想像得到和揣摩得出的呢？

　　我想，在那一刹那，我们都或多或少地感受到那一种爱了，那一种热烈而又温存的、安静而又芬芳的、像海洋又像涌泉的爱；多令人羡慕的境界！多令人羡慕的爱情啊！

　　于是，我们几个女孩子认真地再唱了起来：

<blockquote>
当你花容渐萎衰
乌漆黑发也灰白
我心依然如当初
对你永远亲又爱
人生岁月去不回
青春美丽诚难再
唯你永是我爱人
此情终古永不改
</blockquote>

　　车窗外寒带的松柏都出现了，在微带灰色的云层下挺立着。气温逐渐降低，风景仍然美丽。热带、温带、寒带；我想，每一种树木尽管面貌不同，伸向苍天的热烈的生命力却应该是一样的罢！

车厢里的我们，在一遍遍地轻声重复了以后，莫老师终于跟得上了。车抵阿里山车站时，全班的同学都陶醉地哼着同样的调子：

>唯你永是我爱人
>
>此情终古永不改
>
>唯你永是我爱人
>
>此情终古永不改

悦珍、珀英、富美，我想，你们都不会忘记那一天罢？宝芬、春莘、康丽，你们是不是也和我一样，在以后，每次唱这首歌时都会想起那一天，那一节车厢，和那一朵朵飞过窗外的云呢？而在我们周围的其他的同学，包括宣广他们那些男生在内，是不是在我提起了以后，也会依稀地记起那一种气氛来了呢？我亲爱的同学们，我相信，你们是不会忘记的。你们一定也和我一样，把那一种气氛，那一段记忆当作珍宝，很谨慎地藏在心中某一个角落里了罢。

而遗憾的是，很快就毕业了。毕业考、毕业美展、毕业典礼；我们忙得竟然忘了问莫老师。然后，毕业之后，分发就业，有的当兵，有的教了一年书又出国，一晃之下，十几年就过去了，而我们在这十几年当中，竟然始终没能向莫老师问出那一句话：

"老师，您唱给师母听了没有？"

二月二号那天早上，在老师的灵前，我也想到这句话，仍然没敢问，泪已沾襟。

　　不过，今天晚上，在灯下流着泪给你们写这封信时，我忽然想到，也许，就算莫老师没能向师母唱出那首歌，师母也应该能感觉得到莫老师的爱意了罢？老师不是说，那首歌好像就是为他们写的吗？那么，既然已经用一生一世的恩爱来作为明证，唱不唱那首歌又有些什么不同呢？

　　在我们年轻的时候无法想象与无法揣摩的那种爱和那种心境，今夜的我却似乎能够体会到一点了。原来在追思礼拜时怕看到师母，是因为怕会看到师母失偶的悲伤，现在想起来，忽然觉得，我也许错了。师母也许会流泪，也许会悲伤，但是，对师母来说，莫老师并没有离开。快七十年的婚姻，所有的青春记忆，所有携手共度的沧桑，所有的凝视与低语，所有相伴的朝朝暮暮，都在师母的心中了。七十年的恩爱岁月，又岂是死亡可以夺去和分隔的呢？

　　那么，今夜，让我请求你们，我亲爱的同学，无论你们中的哪一个，当你们回来的时候，请来找我。让我们一起去莫老师的家，去告诉师母，我们要为她唱那首歌，那首莫老师已为她唱了一生一世的歌。我想，她一定会微笑地聆听，一如莫老师当年那样。

　　因为，正如莫老师所说的，那原本是为他们而写的歌啊！

一九八一年三月二十五日

窗前札记

窗前的妇人

后院里有十几坪的空地,丈夫在中间种了七八株玫瑰。围绕着这些玫瑰,在墙边,我随意栽了几株花树。有白兰花、莲雾树,还有韩国樱花、圣诞红、紫阳花和夜合欢。没有怎么加意地照料,但是在这个丰饶的岛上,所有的花树都恣意地顺着季节盛开着。

墙上爬的是木本牵牛,十月的时候,会开出满枝的紫色的花簇,从深紫渐渐变成淡粉。去年花开的时候,廖和曾刚好一起到石门来,她们先不去看我的画,却先跑到院子里来看花,喜欢得不得了。廖向我要求,春天来时一定要设法给她找一棵同样的爬藤来。

今年春天,我把木本牵牛的幼株连着盆子带到她家,种在她后园的墙边,后来两人在通电话的时候,就常常会交换两家墙上的植物的消息。

有一次,她说:"我喜欢在我做饭的时候,可以抬头看看窗外的院子,这样心里会更快活一点。"

我深有同感。做为一个家庭里的主妇,每天总会定时地进入厨房,尽管我要画画,还要教书,可是我仍然也要为丈夫和孩子们准备一天一次或两次的餐食。我并不讨厌做饭,相反地,有时候,从画室里走出来,洗干净了沾满颜料的双手,围起围裙,开始淘米煮饭的时候,心里也是很快乐的。

但是,你若要我在洗杯子、洗筷子和看一本书或者去山上散散步的两种生活方式里选择的话,我当然要去看书或者散步,我当然不要去洗杯子或者洗筷子。只是,作为一个妇人,总有一些该尽的义务,由不得你说喜欢或者不喜欢的。

所以,在洗杯子的时候,在等菜熟的时候,我常常会从厨房的窗口望出去,不为什么,只为看看外面的天色,看看院子里的花。而无论是正午还是黄昏,晴天还是雨天,窗外的景色总能让我的心胸更加舒散一些。有时候,会忽然惦念起一个好久没见到面的朋友,有时候什么也没想,只静静看着我们那只懒猫睡在花荫里,花瓣落在它胖胖的身上,然后,一顿饭也就在抬头、低头之间做好了。

我常想,一定有很多主妇和我一样,在这近午或傍晚的时分,站在厨房热热的炉子前,一面炒菜,一面不自禁地向窗外望出去。她们并不讨厌自己的主妇身份,可是,她们也并不太喜欢一生都耽在厨房里。在心中,在窗外,她们都另有一个世界,在那个世界里,有她们另外一种独特的、不属于任何人的生命。

窗前的妇人,就是因为有了窗外的那一角蓝天与自由,才能对窗内的世界更加容忍与珍惜。

葱蒜的联想

买菜的时候,卖菜的妇人总会塞给我几根葱,我常常是笑着放进菜篮里,偶尔有几次,我会婉谢她的好意,因为冰箱里已葱满为患了。

做菜的时候,也学着别人,常常加些蒜瓣儿在青菜里。笨手笨脚的我,不太会用刀背拍蒜,力气总是用得不对,因此,常有些蒜头被震得掉在地下,只好捡起来丢到垃圾桶。好在总有一些剩的在砧板上,可以拿来用,对丢掉的那些因而也不太在意。

一直到有一天,想在晚餐的时候做一条红烧鱼,需要葱、姜和蒜,打开冰箱,姜是有一点,葱只有两根瘦瘦细细的,再一看储藏室里,平日放蒜的容器里,只有一瓣蒜瓣儿了。刚好那时外面风雨很大,邻居又都不在家,晚饭的时刻也逼近了,于是,只好将就着用这些平日决不会放在眼里的剩余物资了。

我非常小心地清洗着葱,更加小心地轻拍着蒜,平日一定连着皮丢到垃圾桶里的头头尾尾都小心谨慎地捡了起来,放进碟中。小小的白瓷碟里放着少量的姜、葱和蒜,女儿过来看到了,笑着说:

"妈妈,你好像在扮家家酒嘛!"

想不到,那样的一份家家酒配料,竟然在红烧鱼里发挥了足够的效用,晚餐的桌上,丈夫与孩子们都没有不满意的表示,大家都高高兴兴地,把菜吃光了。

有好几天,我心里都在想着这件事情,好像是这一次葱蒜的意外,竟然给了我一些联想与启示。

不是吗?我的生活里有些事物不也是如此吗?我一直在浪掷着的时光与幸福不也是如此吗?

今日的我,画钢笔画时有专用的桌子,画油画时有专用的画室,画布是丈夫和姊妹们特别从国外为我搜购的,画框是特别请木匠为我订制的,可是,我还常常埋怨,常常叹气,有时候好久好久都画不出一张画来。

而十四岁时,刚进台北师范的艺术科,在中山北路那家唯一的学校美术社里,我只能买最粗糙的炭条,只能一块钱一支地挑选着零卖的水彩。可是,那时候,有着一颗炽热的心,因而,不管是在炎阳下的写生,或是在古旧的美术教室里画石膏,我都战战兢兢,全力以赴。因而在今天翻看那时候的作品,尽管技法拙劣,构图幼稚,可是仍然能感受到画中有一股力量,有一种说不出来的感人的光泽。

有着丰盛的资源当然很好,但若是因此而失掉了感谢与敬业的心,便是一种可怕的浪费了。

羊齿植物

女儿上了小学三四年级以后，要带饭盒上学，我晚上给她准备好，她早上自己开了冰箱拿出来带走，相安无事。有时候，我白天没课，也会在中午特别为她送饭去。

前几天天气特别好，芒草开得白花花的。我中午骑了车走田间的小路去她的学校。稻子快熟了，味道很香，风吹过来，一片起伏的金黄。住在乡下真好！孩子上学放学的时候，四季就在他们的身边与眼前变戏法给他们看。在学校里有可亲的老师，在学校外有可亲的大自然，难怪每个孩子都对自然课特别感兴趣。

在路上碰到儿子幼儿园里的老师，她笑着和我打了个招呼，正要错身而过，忽然停下来问我："刘太太，你们家的孩子是不是特别偏爱羊齿植物？为什么他每次只要看到墙角有一小棵的羊齿植物就会高兴得大叫？"

怎么解释给老师听呢？在蓝色的天空下，在金黄的稻田中央，美丽的老师的黑头发在秋天的阳光里有着很好看的光泽。她正眯着眼睛微笑地等待我的回答。

要从哪里开始说呢？从我的童年开始说起，还是从孩子的父亲的童年开始说起呢？其实，孩子并不是偏爱羊齿植物，只是，从他懂事以后，从他那两条小腿能够跟着大人旁边打转以后，我们就常带他到山上的林子里去。山离家很近，而到林子里的目的除了散步以外，还希望能够找到美丽的羊齿带回家去。

石门是个潮湿的山区，在山林间常长着各式各样的羊齿植物，我们试着移植一些到园里的树荫下，有时候成功，有时候不成功。可是整个移植的过程很让人兴奋，从寻找到发现到掘出到植入，一家人从大到小可是全力以赴，有时候孩子发现了一种新的叶子，经过大人认可以后，他们那种得意与欣喜的表情，实在惹人怜爱。

　　要怎么解释给老师听呢？父母的重视与鼓励对孩子有无限大的影响。我们不过只是带他上了几次山而已，我们不过只是夸了他几句而已，小小的心灵便对羊齿植物产生了一种狂热了。他哪里是偏爱这种植物呢？他偏爱的不过是跟随着这些植物而来的甜蜜的记忆罢了。

　　我希望，这些记忆能够永远存在他的心中，因而会使他对大自然有了爱恋与感激。等他长大以后，等他有了自己的孩子以后，他也会尽量地带孩子到山里去走走，带孩子辨认各种不同的花树，然后，他的孩子也会指着林中最幽深的地方，惊喜地向他的父亲说：

　　"看哪！好多好漂亮的羊齿植物啊！"

一九八〇年十二月十四日

不忘的时刻

前言

在有些场合,认识一些新朋友的时候,常听到别人向他们这样介绍我:
"她是艺术家。"或者:
"她是职业画家。"
于是,我的新朋友就会用一种不同的眼光来看我,那时候,我就会觉得很不安。
而同时,也有一些老朋友和老邻居常常会很生气地告诉我:
"你根本不像个艺术家。"
也难怪他们会对我失望。我平日和大家一样:买菜、做饭、晒被、洗衣。也喜欢逛街,喜欢买减价的东西,自己也不太打扮,头发没什么花样,衣服没什么花样,屋子里的陈设也没什么花样;甚至语言应对也极为小心谨慎,除了常常画画和开画展以外,他们实在看不出我有哪一点不一样。

让他们失望,我也很不安。可是我实在无法达到他们的要求,无法符合他们心中期望于我的形象。

我本来就不是个艺术家,我只是一个平凡的妇人,为人女、为人妻、为人母。一直到今天,生活对于我都是一条平稳缓慢的河流,逐日逐月地流过。

只是,在这条河流下面,藏着好多我不能也不愿忘记的记忆,在我独自一人的时候常来提醒我,唤起我心中某些珍贵的感情,那时候,我就很想把它们留住,记起来,画下来。

1

船正在江上,或是海上。我大概是三岁,或是四岁。

我只记得,有一只疲倦的海鸟,停在船舷上,被一个小男孩抓住了,讨好地转送给我。

我小心翼翼地把海鸟抱在双手中,满怀兴奋地跑去找船舱里的父亲。

可是父亲却说:"把它放走好吗?一只海鸟就该在天上飞的,你把它抓起来它会很不快乐,活不下去的。"

父亲的声音很温柔,有一些我不太懂又好像懂的忧伤感觉触动了我,心中一酸，眼泪就掉了下来。转身走到甲板上，往上一松手，鸟儿就扑着翅膀高高地飞走了。

天好蓝。

2

玄武湖的黄昏，坐在父亲腿间，父亲双手划桨，对面是他的朋友，已忘了是哪个叔叔了，只记得是个高高暗暗的影子。

小船从柳荫下出发，在长满了荷花荷叶的湖上静静地流动。暮色使得一切都变得模糊和安静。小手上拿着一个饱满的莲蓬，在小小的胸怀中，人世间的幸福也正如莲蓬一样饱满、莲子一样清香。

后来常常想起，那天的父亲三十多岁，刚经过八年的战乱，能带着家人，再来南京，再享受那样清香的一个夏夜，不知道他会不会有一种恍如隔世的感觉？

这也许就是为什么在那个晚上，父亲会那样沉默，那样久久不肯离去的原因罢？

3

在大学读书的时候，家住在新北投的山上。早上去上学时是对着观音山，下午回来时对着大屯山。多大的太阳我也从不打伞，喜欢一个人在山坡上给风吹给太阳晒的感觉。

后来到了欧洲,好想家。那时候,大屯山上的那片云,那片白白柔柔的小云就会飘到我心中,好像那些个长长的下午,那些金色的阳光也都在霎时来到我的身边。

我画了那张《一朵小白云》,寄给父亲母亲,他们将它配了框子,挂在新北投家中的墙上。

4

姊姊从慕尼黑到布鲁塞尔开音乐会。按照惯例,我总是在后台打杂的那个妹妹。

在那天之前,我有两三年没听她唱歌了,那夜,只觉得有一些新的、不同的东西在她声音里面。在辉煌灯光照不到的后台,听到她如流水玲琮的歌声从前台转过来,在异国异乡,姊姊似乎不再是儿时熟悉的玩伴,因而,她的歌声也给了我一种全然陌生的启示。

深沉而圆润、美丽而又悲哀、忧郁但又充满希望;艺术家的命运都隐藏在那不绝如缕的歌声里了。而在那一刹那间,我也开始了我的转变。

第二天早上,在艺术学院的画室里,我画了那张到今天还很喜欢的画:

《一条河流的梦》。

5

孩子出生后,改变了我很多,足足有好几年不能画画。

历史博物馆很早就给我安排过时间,但是怀孕、生产一次次地耽搁了下来。

终于有一年决定了日期,也决定了不再延期。女儿已三岁,有人帮忙照顾,不上课的时候,我开始把自己关在画室里画大幅大幅的油画。

但是,总觉得有些什么和以前不一样,有些什么在心里牵绊着,总想知道,孩子现在在做什么?

有一次,一开门,看见女儿坐在画室门外。她知道妈妈在画画,不能吵,可是她又舍不得走远,不知道一个人在门外坐了多久。

看着她乖乖小小的背影,我的心疼得好厉害。

6

丈夫是研究镭射的,但是,从小对数学与物理都害怕的我,对他的工作一直不感兴趣。

一直到有一天,我亲眼看见长长细细的激光束,在经过折射或反射的处理之后,能够出现那样光彩夺目、细致复杂的画面时,我不禁屏息,然后欢呼。

怎么可能?怎么可能!世间竟会有这样美丽而又千变万化的光线。它唤醒了我很多似有若无的记忆，它替我说出了很多我一直想要说的话和境界。

从此，我对镭射另眼相看，当然，对外子也一样。

7

父亲在德国教了十几年的书了，前年和母亲一起回来一次，在我石门的家里发现一面镜子，母亲微笑地向父亲说：

"这不是谁送我们的结婚礼物吗？"

母亲十九岁出嫁，这一面镜子照过我母亲十九岁的容颜。然后三十九、五十九岁，今日的母亲已银丝满首，但是这一面长形的镜子除了镜架略有斑驳之外，镜面仍然完整，而且还带有一层冷冷的清冽的光泽。

今夜，这面镜子仍然摆在我的画室里。对着它，我好像对着所有过去的日子、过去的流年。

于是，我在一张张新的画布上，开始画了许多的镜子："时光会逝去，美会留下。"

后记

我不过是个平凡的妇人，但是，我知道，我在做的是一件奢侈的事情。很多人都为我牺牲了一些：我的父母、我的姊妹、我的丈夫、我的朋友,甚至,我的孩子。他们都或多或少地为我牺牲了一些他们珍贵的东西,我才能在今天坐下来画我爱画的、想画的事物。我深深地感谢他们。对他们来说,我实在并不是一个艺术家,我只是一个受他们无限宠爱与纵容的人。

一九八〇年十月

辑三　　　初　夏

有月亮的晚上

我一个人走在山路上。

两旁的木麻黄长得很高很密,风吹过来,会发出一种使人听了觉得很恍惚的声音,一阵强一阵弱的,有点像海潮。

海就在山下,走过这一段山路,我就可以走到台湾最南端的海滩上。夜很深了,路上寂无一人,可是我并不害怕,因为有月亮。

因为月亮很亮,把所有的事物都照得清清朗朗的,山路就像一条回旋的缎带,在林子里穿来穿去,我真想就这样一直走下去。

假如我能就这样一直走下去的话,该有多好!

不过,当然,我是不能这样的。我应该回到旅馆房间里去。因为,这个白天我已经在海边画了一天了。明天早上,还要和另外几位朋友一起到山里面去写生,我现在最需要做的事情就是回房间去洗澡、睡觉,好准备明天的来临。

可是,我实在不想回去,这样的月夜是不能等闲度过的。在这样的月夜里,很多忘不了的时刻都会回来,这样的一轮满月,一直不断地在我的生命里出现,在每个忘不了的时刻里,它都在那里,高高地从清朗的天空上俯视着我,端详着我,陪伴着我。

白昼的回忆常会被我忘记,而在月亮下的事情却总是深深地刻在我心里,甚至连一些不相干的人和事也不会忘。

就好像有一年在瑞士,参加了一个法文班的夏令营,在山里一幢古老的修道院里住了十天。学生里有东方人也有西方人,几天下来就混熟了。有个晚上,十几个人一起到教堂后面的树林里去散步。那天晚上月亮就很亮,可是在林子里的我们起先并不太觉得,等到从林子里走出来面对着一大片空阔的草原时,才发现月亮已经将整座山、整片草原照耀得如同白昼。比白昼更亮的是一种透明的水绿色的光晕,在山间在草丛里到处流动着,很亮可是又很柔,像水又有点像酒。

我们都静下来了,十几颗年轻的心在那时都领会到一点属于月夜特有的那种神秘的美丽了。没有人舍得开口,大家都屏息地望着周围,好像都希望能把这一刻尽量记起来,记在心里。

然后,一个从爱尔兰来的男孩子忽然兴奋地叫了起来:

"跑啊!看谁先跑到那边的林子里去!"

是啊!跑啊!在这一片月色里,在这一片广大的草坡上,让我们发狂地跑起来,用我们所有的力气,一直跑到对面的林子里,对面的阴影里去罢!

大家都尖叫着往前冲出去了，我动作比较慢，落在他们后面，可是仍然嘻嘻哈哈地跟着跑。这时候，前面人群里的一个男孩子回头对我笑着喊了一句：

"快啊！席慕蓉，我们等你！"

我怔了一下，不知道他怎么会晓得我的名字的。我只知道他是在苏黎世大学读工科的一个中国同学，白天上课时他总是坐在角落里，从来没和我说过一句话。

那时候，我连他姓什么也不清楚，而在他回过头来叫我的那一刹那，我却忽然觉得有一种似曾相识的感觉。月光下他微笑的面容非常清晰，那样俊秀的眉目是在白昼里看不到的。我说不出来是什么原因，可是，在那天晚上，月下的他回头呼唤我时的神情，我总觉得在什么时候见过一样的：一样的月、一样的山、一样的回着头微笑的少年。

当然，那也不过只是一刹那之间的感觉而已，然后我就一面挥手，一面脚下加劲地赶上，和他们一起横越过草原，跑进了在等待着的那片阴暗的树林里了。

那天晚上以后的事我都记不起来了，我想，大概不外乎风比较大了，天比较冷了，夜比较深了；然后，就会有比较理智的人提议该回去了，大概就是这样了罢？世间每一个美丽的夜晚不都是这样结束的吗？

我以后一直没再遇到过那个男孩子，但是，有时候，在有月亮的晚上，我常会想起一些相似的月夜，也就常会想起他来。好多年也这样过去了。

回国以后，有一次，在历史博物馆开画展，一对中年夫妇从人丛中走过来向我道贺,交谈之下,才知道男的曾和我在瑞士的夏令营里同过学,忽然间想起来他就是那天晚上那个在月光下回头向我呼唤的少年,眉目之间,依稀仍留有当年的模样。我一下子兴奋起来,大声地问他:

"你记不记得?有一天晚上,我们在月亮底下赛跑的事?"

他思索了一下,然后很抱歉地说:

"对不起,我完全想不起来了。我倒记得在结业典礼上我们中国同学唱茉莉花唱走了音,你又气又笑的样子。"

我记得的事情他不记得,他记得的事情我却早都忘了,多无聊的会晤啊!他的太太很有耐心地听着我们交谈,也露出了感兴趣的笑容,可是,有些话,我能说出来吗?面对着眼前这一对衣着华丽、很有风度的夫妇,我能说出我那天晚上的那种感觉吗?如果我说了,会引起一种什么样的误会呢?

当然,我没有说,我只是再和他们寒暄几句就握别了,听男的说他们可能要再出国,再见面又不知道会是那一年了。当时,在他们走后,我只觉得很可惜,如果能让他知道,在如水般流过的年华里,有一个人曾经那样清晰地记得他年轻时某一刹那里的音容笑貌,他会不会因此而觉得更快乐一点呢?

月亮升得很高,我已经快走到海边了,木麻黄没有了,换成一丛一丛的苎麻,在岩石间默默地虬结着。它们之中有好多开花了,又长又直的花梗有一种很奇特的造型,月亮在它们之上显得特别的圆。

海风好大,把衣服吹得紧紧地贴在身上,我恐怕是该往回走了,到底,我已不再是年轻时的那个我了。

心里觉得有点好笑，原来，不管怎么计划，怎么坚持，美丽的夜晚仍然要就此结束，仍然要以回到房间里，睡到床上去作为结束。这么多年来，遇到过多少次清朗如今夜的月色，有过多少次想一直走下去的念头，总是盼望着能有人和我有相同的感觉，在如水又如酒的月色里，在长满了萋萋芳草的山路上，陪着我一直不停地走下去，走下去，让所有的事物永远不变，永远没有结束的一刻。

而从来没有一次能如愿。总是会有人很理智又很温柔地劝住了我，在走了一半的路上回过头去。总是会有人告诉我，我该怎么做才对。总是会有人笑我，说我所有的是怎样痴傻的念头啊！

而今夜，没人在我身旁，我原可以一直走下去的。可是，我仍然也只能微笑地停了下来，在海滩与近在咫尺的海水之前停了下来。浪潮轻轻地打到沙岸上，发出叹息一样的嘶声，而我对一切都无能为力，唯一能做的事，仍然只有转过身来，往来路走回去。

不过，今夜的我，到底是比较成熟些了罢，我想，其实，我也不必为一些没能说出的话，或者没能做到的事觉得可惜。我想，在我自己的如水般流过的年华里，也必然会有一些音容笑貌留在一些不相干的人的心里了罢。日子绝不是白白地过去的，一定有一些记忆是值得珍惜，值得收藏的。只要能留下来，就是留下来了，不管是只有一次或者只有一刹那，也不管是在我知道的人或者不知道的人的心里。

世事应该就是这样了罢。

月亮在静静地端详着我，看我微笑地一个人往来路走回去。

生命的滋味

1

电话里，T告诉我，他为了一件忍无可忍的事，终于发脾气骂了人了。我问他，发了脾气以后，会后悔吗？

他说：

"我要学着不后悔。就好像在摔了一个茶杯之后又百般设法要再黏起来的那种后悔，我不要。"

我静静聆听着朋友低沉的声音，心里忽然有种怅惘的感觉。

我们在少年时原来都有着单纯与宽厚的灵魂啊！为什么？为什么一定要在成长的过程里让它逐渐变得复杂与锐利？在种种牵绊里不断伤害自己和别人？还要学着不去后悔，这一切，都是为了什么呢？

那一整天，我耳边总会响起瓷杯在坚硬的地面上破裂的声音，那一片一片曾经怎样光润如玉的碎瓷在刹那间迸飞得满地。

我也能学会不去后悔吗？

2

生命里充满了大大小小的争夺，包括快乐与自由在内，都免不了一番拼斗。

年轻的时候，总是紧紧跟随着周遭的人群，急着向前走，急着想知道一切，急着要得到我应该可以得到的东西。却要到今天才能明白，我以为我争夺到手的也就是我拱手让出的，我以为我从此得到的其实就是我从此失去的。

但是，如果想改正和挽回这一切，却需要有更多和更大的勇气才行。

人到中年，逐渐有了一种不同的价值观，原来认为很重要的事情竟然不再那么重要了，而一直被自己有意忽略了的种种却开始不断前来呼唤我，就像那草叶间的风声，那海洋起伏的呼吸，还有那夜里一地的月光。

多希望能够把脚步放慢，多希望能够回答大自然里所有美丽生命的呼唤！

可是，我总是没有足够的勇气回答它们，从小的教育已经把我塑铸成为一个温顺和无法离群的普通人，只能在安排好的长路上逐日前行。

假如有一天，我忽然变成了我所羡慕的隐者，那么，在隐身山林之前，自我必定要经过一场异常惨烈的厮杀罢？

也许可以这样说：那些不争不夺，无欲无求的隐者，也许反而是有着更大的欲望，和生命作着更强硬争夺的人才对。

是不是可以这样解释呢？

3

如果我真正爱一个人，则我爱所有的人，我爱全世界，我爱生命。如果我能够对一个人说"我爱你"，则我必能够说"在你之中我爱一切人，通过你，我爱全世界，在你生命中我也爱我自己"。

——E.佛洛姆

原来，爱一个人，并不仅仅只是强烈的感情而已，它还是"一项决心，一项判断，一项允诺"。

那么，在那天夜里，走在乡间滨海的小路上，我忽然间有了想大声呼唤的那种欲望也是非常正常的了。

我刚刚从海边走过来，心中仍然十分不舍把那样细白洁净的沙滩抛在身后。那天晚上，夜凉如水，宝蓝色的夜空里星月交辉，我赤足站在海边，能够感觉到浮面沙粒的温热干爽和松散，也能够同时感觉到再下一层沙粒的湿润清凉和坚实，浪潮在静夜里声音特别缓慢，特别轻柔。

想一想，要多少年的时光才能装满这一片波涛起伏的海洋？要多少年的时光才能把山石冲蚀成细柔的沙粒并且把它们均匀地铺在我的脚下？要多少年的时光才能酝酿出这样一个清凉美丽的夜晚?要多少多少年的时光啊?这个世界才能够等候到我们的来临?

若是在这样的时刻里还不肯还不敢说出久藏在心里的秘密,若是在享有的时候还时时担忧它的无常,若是在爱与被爱的时候还时时计算着什么时候会不再爱与不再被爱;那么,我哪里是在享用我的生命呢?我不过是不断地在浪费它在摧折它而已罢。

那天晚上,我当然还是要离开,我当然还是要把海浪、沙岸,还有月光都抛在身后。可是,我心里却还是感激着的,所以才禁不住想向这整个世界呼唤起来:

"谢谢啊!谢谢这一切的一切啊!"

我想,在那宝蓝色深邃的星空之上,在那亿万光年的距离之外,必定有一种温柔和慈悲的力量听到了我的感谢,并且微微俯首向我怜爱地微笑起来了罢。

在我大声呼唤着的那一刻,是不是也同时下了决心、作了判断、有了承诺了呢?

如果我能够学会了去真正地爱我的生命,我必定也能学会了去真正地爱人和爱这个世界。

4

所以,请让我学着为自己的行为负责,请让我学着不去后悔,当然,也请让我学着不要重复自己的错误。

请让我终于明白，每一条走过来的路径都有它不得不这样跋涉的理由，请让我终于相信，每一条要走上去的前途也有它不得不那样选择的方向。

请让我生活在这一刻，让我去好好地享用我的今天。

在这一切之外，请让我领略生命的卑微与尊贵。让我知道，整个人类的生命就有如一件一直在琢磨着的艺术创作，在我之前早已有了开始，在我之后也不会停顿不会结束，而我的来临我的存在却是这漫长的琢磨过程之中必不可少的一点，我的每一种努力都会留下印记。

请让我，让我能从容地品尝这生命的滋味。

淡淡的花香

曾经有人问过我，为什么那么喜欢植物？为什么总喜欢画花？

其实，我喜欢的不仅是那一朵花，而是伴随着那一朵花同时出现的所有的记忆，我喜欢的甚至也许不是眼前的大自然，而是大自然在我心里所唤起的那一种心情。

今天，我从朋友那里听到了一句使我动心的话，他说：

"友谊和花香一样，还是淡一点的比较好，越淡的香气越使人依恋，也越能持久。"

真的啊！在这条人生的长路上，有过多少次，迎面袭来的，是那种淡淡的花香？有过多少朋友，曾含笑以花香贻我？使我心中永远留着他们微笑的面容和他们的淡淡的爱怜。

恐怕要从那极早极早的时刻开始追溯罢。

小卫兵

幼年时的记忆总有些混乱，大概是因为太早入学的关系，记得是五岁以前，在南京。

只因为姊姊上学了，我在家里没有玩伴，就把我也送进了学校，想着是姊妹一起，可以有个照顾，却没料到分班的时候，我一个人被分到另外一班。

不到五岁的我，并不知道自己的无能是因为年龄的幼小，却只以为是自己笨。所有同学都会的东西，我一样也不会，他们都能唱的歌，我一句也跟不上，一个人坐在拥挤的教室里，却觉得非常寂寞。

总是盼望着放学，放学了，姊姊就会来接我，走过学校旁边那个兵营的时候，假如是那个小卫兵在站岗，他就一定会送我一朵又香又白的花朵。

这么多年了，我一直想不明白，为什么在众多的放学回家的孩子里，他会单单认出了我，喜欢上我，在那整整一季开花的季节里，为我摘下，并且为我留着那一朵又一朵香香的花，在我经过他岗亭的时候，他就会跑出来把那朵花放到我的小手上。

已经忘记他的面貌了，只记得是个很年轻的卫兵，年轻得有点像个孩子。穿着过大极不合身的军服，有着一副羞怯的笑容，从岗亭里跑出来的时候，总是急急忙忙的。

花很大很白又很香，一直不知道是哪一种花，香味是介乎姜花和鸡蛋花之间的，这么多年了，每次闻到那种相仿佛的香味时，就会想起他来。

想起了那一块遥远的土地，想起了那一颗寂寞的心。

想起了我飘荡的童年，离开南京的时候，没有向任何一个玩伴说过再见。

高吉

想起高吉，就想起那些水姜花。

在北师艺术科读书的时候，高吉是我同届普通科的同学。

我们是在三年级的时候才开始熟识起来的，每天在上晚自习之前，坐在二楼教室走廊的窗前，不知道怎么有那么多话可以说，一面说一面笑，非要等到老师来干涉了，才肯乖乖地回到各自的教室里去做功课。

那个时候，有些同学已经在交男朋友或者女朋友了，然而，在我和高吉之间，却是一种很清朗的友情。大概是一起编过校刊之类的，我们彼此之间有着一种共事的感觉，谈话的内容也是极为海阔天空。

日子过得好快，毕业旅行、毕业考，然后就毕业了。整个七月，我都待在木栅乡间的家里，每天都喜欢一个人在山上乱跑。

有一天上午，高吉忽然和另外一位同学到我家来找我。在我家门前，两个高大的男孩子竟然害羞起来，站在院墙外不敢进来，隔着一大块草坪远远地向我招呼。

父亲那天正好在家里，坐在客厅落地窗内的他似乎很吃惊，不知该怎样应付这件对他来说是很意外的事情。对他来说，我似乎还应该是那个傻傻的一直像个小男孩的"蓉儿"；怎么冷不提防地就长大了，并且竟然是个有男孩子找上门来的少女了呢？

我想，父亲在吃惊之余，似乎有点恼怒了，所以，他冲口而出的反应是：

"不行，不许出去。"

可是，那一天，刚好德姊也在家，她马上替我向父亲求情了：

"让蓉蓉去罢，都是她的同学嘛！"

我一直不知道是因为德姊的求情还是因为父亲逐渐冷静下来的结果，但是在当时，快乐的我是来不及去深究的，在父亲点过了头之后，我就连忙穿上鞋子跑出去和他们会合了。

那是我最后一次看见高吉。

那天我们三个人跑到指南宫的后山去，山上溪水边长满了水姜花，满山都充塞着那种香气。高吉说他要回金门去教书了，我说我也许可以保送上师大，那天天上有很多朵云，在我们年轻的心胸里，也有着许多缥缈的憧憬，我们相互祝福，并且约好要常常写信。

但是，两个人分别了之后，并没有交换过任何的讯息，我终于知道了他的讯息是在二十多年之后，在报上看到金门的飞机失事，他在失事的名单里，据说是要到台湾来开会，已经是小学校长了。

在报上初初看到他的名字时，并没有会过意来，然后，在刹那之间，我整个人都僵住了。对我来说，一直还是那样年轻美好的一个生命啊！这样的结局如何能令人置信呢？

"高吉，高吉，"我在心里不断地轻轻呼唤着这个名字。在这个时候，那一年所有的水姜花仿佛都重新开放，在恍惚的芳香里，我听任热泪奔流而下。

我是真正疼惜着我年轻时的一位好朋友啊！

野生的百合

那天，当我们四个人在那条山道上停下来的时候，原来只是想就近观察那一群黑色的飞鸟的，却没想到，下了车以后，却发现在这高高的清凉的山上，竟然四处盛开着野生的百合花！

山很高，很清凉，是黄昏时刻，湿润的云雾在我们身边游走，带着一种淡淡的芬芳，这所有的一切竟然完全一样！

所有的一切竟然完全一样，而虽然那么多年已经过去了，为什么连我心里的感觉竟然也完全一样？

我迫不及待地想告诉同行的朋友，这眼前的一切和我十八岁那年的一个黄昏有着多少相似之处。一样的灰绿色的暮霭、一样的湿润和清凉的云雾、一样的满山盛开着的洁白花朵；谁说时光不能重回？谁说世间充满着变幻的事物？谁说我不能与曾经错过的美丽再重新相遇？

我几乎有点语无伦次了，朋友们大概也感染到我的兴奋。陈开始攀下山岩，在深草丛里为我一朵一朵地采撷起来，宋也拿起相机一张又一张地拍摄着,我一面担心山岩的陡峭,一面又暗暗希望陈能够再多摘几朵。

陈果然是深知我心的朋友,他给我采了满满的一大把,笑着递给了我。

当我把百合抱在怀中的时候,真有一种无法形容的快乐和满足。

一生能有几次,在高高的清凉的山上,怀抱着一整束又香又白的百合花?

多少年前的事了!也不过就是那么一次而已。也是四个人结伴同行,也是同样的暮色,同样的开满了野百合的山巅,同样的微笑着的朋友把一整束花朵向我递了过来。

也不过就是那么一次而已,却从来也不曾忘记。

令人安慰的就是不曾忘记。原来那种感觉仍然一直深藏在心中,对大自然的惊羡与热爱仍然永远伴随着我,这么多年都已经过去了,经历过多少沧桑世事,可喜的是那一颗心却幸好还没有改变。

更可喜的是,在二十年后还能再重新来印证这一种心情。因此,在那天,当我接过那一束芬芳的百合花的时候,真的觉得这几乎是我一生中最奢侈的一刻了。

而这一切都要感激我的朋友们。

*

所以,你说我爱的是花吗?我爱的其实是伴随着花香而来的珍惜与感激的心情。

就像我今天遇见的这位朋友,在他所说的短短一句话里,包含着多少动人的哲思呢？

我说的"动人"，就如同有几位真诚的朋友，总是在注意着你，关怀着你，在你快乐的时候欣赏你，在你悲伤的时候安慰你，甚至，在向你揭露种种人生真相的时候，还特意小心地选择一些温柔如"花香"那样的句子，来避免现实世界里的尖锐棱角会刺伤你；想一想，这样宽阔又细密的心思如何能不令人动容？

我实在爱极了这个世界。一直想不透的是，为什么这个世界对我总是特别仁慈？为什么我的朋友都对我特别偏袒与纵容？在我往前走的路上，为什么总是充塞着一种淡淡的花香？有时恍惚，有时清晰，却总是那样久久地不肯散去？

我有着这么多这么好的朋友们陪我一起走这一条路，你说，我怎么能不希望这一段路途可以走得更长和更久一点呢？

也就是因为这样，我竟然开始忧虑和害怕起来，在我的幸福与喜悦里，总无法不掺进一些淡淡的悲伤，就像那随着云雾袭来的，若有若无的花香一样。

然而，生命也许就是这样了罢，无论是欢喜或是悲伤，总值得我们认认真真地来走上一趟。

我想，生命应该就是这样了。

灯火

在夜雾里，请你为我点起这所有的灯火。

1

他曾经在她五岁那年，来过她家。

他们两家原是世交，然而那次会面的实际情形到底如何，经过了这几十年，真是怎么也记不起来了，只是两人都因而有了一种朦胧的认定：在她五岁那年，他们就已经见过了。

在父执辈的筵席上，她偶尔会遇到那样的场面：父亲举杯向一位朋友劝酒，那位伯伯坚决不肯喝，父亲就会说：

"怎么？五十年前就认得了的朋友，竟然连一杯酒的交情都没有了吗？"

说也奇怪，原来千推辞万推辞说是有心脏病有胃病的伯伯忽然什么话也说不出来，马上举杯一饮而尽，并且容光焕发的在众人的鼓掌声中转过来笑着要父亲再来干一杯了。

那时候，她的心里总会有一种温热的感动。五十年！五十年！而且是怎样流离颠沛的五十年啊！在那样漫长艰困的岁月之后还能与年轻时的朋友再相见，再来举杯，这样的一杯酒怎能不一饮而尽呢？

她慢慢能体会出这种心情了。在已经进入中年的此刻，能够有个像他那样的朋友坐在面前，听她一五一十的把最近种种苦乐的遭遇都说了出来，实在是一种幸福。

而无论她说了些什么，他都会默默聆听，间或插进一两句话，剩下的时间，他总是用一种宽容的眼神瞅着她，唇边还带着笑意，好像是在说：

"随你怎么闹罢，反正，我是从你五岁的时候就已经知道你了。"

在那种时刻里，她不禁要感谢那一直被她怨恨着的飞驰的时光了。就是因为时光飞驰，她才能在短短的几十年里，一次再次地印证着这种单纯的幸福。她喜欢这种感觉，就好像无论在多么阴沉的天空里，总有人肯为她留下一小块非常干净又非常透明的蔚蓝。

那是只有五岁时的天空才能有的颜色罢，而五岁时所有其他的朋友们呢？

2

他是她的朋友里最有学问的一个，因为他知道所有花树草木的名字。

认得他不过才两三年，却很快就熟识得像相交了一辈子的老朋友那样。那是因为只要看到一种不知名的花草，就会让她想起他来，想他一定会知道这棵植物的名字。

而他从来都没让她失望过。只要她把植物的形状颜色特征说了出来，在电话那一端的他立刻就会有回答，不但会说出植物的名字，还会告诉她在哪一本书里去查对。那些书都是他送给她的，里面收藏着这个岛上所有芬芳珍奇的植物资料。

他也常带她和朋友们一起上山下海去看这些植物。那天，下着好大的雨，他们到北部一座山上去看"红心杜鹃"，那是一种只长在悬崖峭壁上濒临绝灭危机的高大花树。雨下得好大，阴暗的山林中又湿又滑，向上攀爬时不知道要向哪里着力，跌进泥泞中时又不知道该怎样才能再爬起，不过一会儿工夫，她的身上就因为出汗和雨水而变得又湿又滑了。

他却一直谈笑自若地在前面带路，还随时回过头来指点她观察那些长在岩石下和树根旁的小小植物，时时还弯身去拨弄一下，看看它们开花了没有。她心里好羡慕，羡慕这个朋友能够拥有一种极为美丽与丰盛的世界。

终于走出丛林，来到了这座山的边缘，雨停了，阳光把对面山上所有的草木照耀得闪闪发光。在两面峭壁之间，喜欢生长在岩石缝隙上的红心杜鹃正是怒放的时候，高大而又盘曲的树木在顶梢上开满了粉白粉白的花朵，她不禁雀跃欢呼了起来，而他却在旁边轻声地说：

"可是，你要知道，我们也就只剩这么几棵了。"

她回头看他,忽然间开始明白他从来很少说出的那一面了。眼看着一种又一种珍贵的植物在我们这一代里消失绝灭,在他心里承担着的,是怎样的悲愁和寂寞呢?

对这个美丽与丰盛的世界知道得太多了以后,也必然会爱得太多和担忧得太多的罢?那么,他那渊博的学问在这种时刻里似乎不再令她羡慕,却反倒要让她觉得无限同情起来了。

3

每次与他交谈之后,她的心里都会觉得比较平安,也比较能够重新珍惜自己。

原来,在这个纷纭杂乱的世间,能够保有一些不变的感觉和心情其实是不可能的。岁月在变,周遭在变,自己本身也是逐渐而缓慢地在改变,所谓永远所谓永恒似乎是非常脆弱的假象了。

但是,他是那种能够让你重新认识自己,重新对一切有了信心的朋友。

那夜,在山路上与他道别之后,她和朋友们缓步走回去的时候,心里就是这样在感激着他的。那夜并没有月亮,周遭却有着一层淡淡的月光,整座山林安静沉寂。有人在白天烧过杂草,入夜之后那种灼热的焦味还留在空气里,风吹过来,似清凉却又带着一丝温热,朋友们开始轻声地唱起歌来。她想,生命里一些无法触及的东西应该就藏在这样美丽的夜晚里了罢?

这么多年来，对于自己的创作生活，她一直怀着一种矛盾的心情，好像是在夜雾里摸索。作品没有完成之前，不知道自己的要求是什么，但是一旦完成了，她马上能够确定这里有多少是她所喜欢的，有多少是她所不喜欢的。所以，她同时是一个能够容忍一切而却又会在突然间变得爱憎分明的人，日子就这样不断反复地过去。

他却可以用短短的几个句子让她能回过头来省视自己，知道这世间其他的人也和她一样，也是要在长路上跋涉，也是要在夜雾里摸索，也是要在变动与不安里逐渐寻找自我的面貌。路很长，雾很浓，但是，如果肯保有一颗谦卑与洁净的心，一定会在前路上找到一个更为开阔的世界，在那里，生命另有一种无法言传的尊严与价值。

她愿意相信他，也愿意相信这个世界。

4

和她们在一起，总有一种隐隐的豪情，好像总想向生命争夺出一些什么来。

那天，她说：

"在这一生里，好想去交一场朋友，好想去走一趟丝路。

交一场那种能为你生为你死的朋友，走一趟那条能令你欢呼令你落泪的丝路。

走一趟丝路，去塔克拉玛干大沙漠，去克里雅河，去楼兰，去罗布泊，就这样一路携手走下去。假如身边的朋友是男的，那么，风沙袭来的时候，能有宽阔的肩膀为你阻挡，在枯萎的红柳树丛和野生的白杨树之间，想象着千百年前曾经有过的充满了柔情的春天，再怎样艰难困苦的跋涉也会像神话一般美丽的罢？

　　假如身边的朋友是女的，那么，在三四个人一起走着的时候，就可以不断地唱起歌来。在湛蓝的星空下，披着一式手织的黑毛线披风，对着有限的岁月无限的江山，我们必然会怀着同样苍凉而又同样豪迈的胸襟的罢？"

　　听了她的话，她们开始笑了起来，笑声里藏着一些轻微的叹息。是啊！她们每个人的梦里不是都一直有着那样的一条丝路吗？然而，那样的梦，那样的豪情什么时候才会成真呢？

　　于是，只有在相聚的时候安排一些小小的意外或者一些突发的奇想，在有限的时间里，只能偶尔与生命做一些小小的争夺。也许是走上一条陌生的山径，也许是去到一处无人的海边，只能偶尔去走上一回，去看上一眼，偶尔在一个她们原来也可以享有却永远无法享有的世界里稍作流连。

　　而在深夜的画室里，她开始把那条丝路画在画布上，在涂抹之间，想象着万里之外那繁星下的沙漠，心里像有烈火在烧灼。

5

　　也同样是一个有着淡淡月光的晚上，他指着山坡下的万家灯火向她说：

"你知道《小王子》的作者吗？他是个飞行员，常常飞过沙漠的上空，他曾经描述过在夜里飞过荒寂无人的沙漠之后，忽然看到远远一处城市的灯火时的那种感动。因为有灯火的地方必定有人类，有灯火的地方也必定有着关爱……"

她完全相信那种感动。她也完全相信，有灯火的地方也必定会有愿意原谅她、愿意引导她、愿意接纳她和愿意与她共享一个梦境的朋友。

人生真的不过只是短短几十年的光景而已，在这几十年里，还免不了要有误解，要有争战，要有悲愁病苦和别离，但是，因为有了这些不同的朋友，生命又是怎样一段令人爱恋和感动的岁月啊！在她走过来的这条长路上，在每一个转折和每一处角落上，在她察觉得到和察觉不到的时刻里，都有朋友在默默地为她点起一盏灯火。

能够来到这世间，能够与相识或者不相识，记得或者不记得的朋友们共度这几十年的时光，是一种怎样的幸福啊！

所以，她也愿意举起她手中的那一盏，在夜雾里，回答着那远远的亲切的呼唤。

123 / 灯火

池 畔

我又来到这个荷池的前面了。

背着画具,想画尽这千株的荷,我一个人慢慢地在小路上行走着,观察和搜寻着,想从最美丽的一朵来开始。

仍然是当年那样的天气,仍然是当年那种芳香,有些事情明明好像已经忘了,却能在忽然之间,排山倒海地汹涌而来,在一种非常熟悉又非常温柔的气味里重新显现、复苏,然后紧紧地抓住我的心怀,竟然使我觉得疼痛起来。

原来,生命就是这个样子的啊!原来,所有已经过去的时日其实并不会真正地过去和消失。原来,如果我曾经怎样地活过,我就会怎样地活下去,就好像一张油画在完成之前,不管是画错了或者画对了,每一笔都是必需和不可缺少的。我有过怎样的日子,我就将会是怎样的人。

那么，现在的我，是一种什么样的人呢？面对着一如当年那样的千株的荷，我在心里轻轻地问你。

如果再相逢，你还会认得我吗？

*

如果再相逢，你还会认得我吗？

如果在我画荷的时候，你正好走过我的身后，你会停下来，还是会走过去呢？

我想，你一定会停下来的，因为，你和我都知道，在这一生里面，你是不可能在走过一个画荷的女孩子的身后，而不稍做停留的了。

因为，你曾经怎样地活过，你就会怎样地活下去。

当你转过一丛丛的热带林，当你在一个黄昏的时刻来到这荷池的旁边，当你突然发现一个穿得很素淡的女孩正坐在池边写生，你是不可能不停步的了。

当然，在外表上，你不过只是安静地站在那里而已，在这个世界上，除了我以外，是不会有人知道你心里起伏的波涛。

可是，一切是怎样令人震惊的相像啊！这傍晚柔弱的阳光，这荷池里淡淡的芳香，这寂静的周围，甚至这个女孩所画的色调和笔触都不很流畅的水彩；这一切是怎样让人心怀疼痛的相像啊！

女孩在专心画画，没有回头，你站在她身后，注视着画面，可是，看见的却是多少年以前的那一幅。

你静静地来，又静静地离去，女孩始终没有回头。当你走远了以后，再转身遥望过去,隔着千朵百朵安静的荷,那个女孩正慢慢站起身来,开始收拾着画具了。天色已暗,她穿着浅色衣裳的身影非常模糊而又非常熟悉,就像这充塞在整个空间里的荷香。

你心中也充满了感激,感激她的刚好出现,感激她的始终没有回头。

就是因为她没有回头,才使你知道,如果再相逢,你一定远远地就会认出我来。

*

每次到荷池前面的时候,都嫌太晚了一点。

盛开的荷是容不得强烈阳光的,除非刚好开在一大片的荷叶底下,不然的话,近午的阳光一来,开得再好的荷也会慢慢合拢起来,不肯再打开了。等到第二天清晨,重新再展开的花瓣,无论怎样努力,也不能再像第一次开放时那样的饱满,那样充满了生命的活力,那样地肆无忌惮了。

然后,到第三天,就是该落下来的时候了。一片一片粉白柔润的花瓣落在浮萍上,却不会马上沉下去,翠绿的浮萍是花瓣变黄变暗前最后的一处舞台,在这一处温柔但是并不持久的舞台上,荷花展露了它最后一次妩媚的忧伤。

也不是没想早起过,也不是没有试过,可是,每一次都只能在近午的时候赶到,然后,面对着不再肯打开的花瓣,心里嗒然若失。只好慢慢地沿着荷池搜寻,希望能找到一两朵有荷叶的遮阴,还能快乐地开放,还能没有改变还能不受影响的那样的一朵。

有一次,在我背着沉重的画具,一朵一朵地找过去的时候,一个满头白发的老人对我微笑，他说：

"真正好看的荷花是在早上，你现在是找不到那样的一朵了。"

是的，老先生，谢谢你，你说的我也知道，可是，我如果不把这条长路走完，不把这千朵百朵荷花都看遍，我是不会甘心的。

如果，如果我刚好没看到那一朵，那一朵从清晨就开始在等待着我的荷，如果我刚好错过。

如果，只是因为近午酷热的阳光，只是因为我背上沉重的负担，只是因为周围的人群不以为然的注视，我就开始迟疑、停步，然后转身离去，那么，我心里就永远会留着一个遗憾了。我就会常常想到，也许，也许有一朵始终在等待着我的荷，就白白地盼望了一生，就终于在与我相隔咫尺的距离里枯萎而死。到那个时候，我错过的，将不只是一个清晨而已，我还错过了一个长长的下午，错过了一个温柔而又无怨的灵魂整整的一生了。

所以，这样的一条长路，我是一定要走完的，我宁愿相信，有这样的一朵。

而我也真的常会在奇迹一般的时刻里，与它相遇。在千层万层的荷叶之间，在千朵百朵的荷花之中，它就在那里，温润如玉、亭亭而立。

对于这样的相遇，我们只有微笑地互相凝视，所有的话语都将是不必要和多余的了。

*

他们很喜欢用二分法来解释这个世界。

他们说：如果你心里有一种渴望，那必然是因为你对现实的不满意，如果你想要渡河到对岸，那必然是因为河的这一边不够美丽，他们还说：如果两人有缘，就必然不会分离。

他们把这个世界分成极端相反的两类，所有纠结着的心事都必须要在他们很快就决定了的结论之下一分为二，不是"是"就是"不是"，不是"有"就是"没有"。

所以，他们是不能相信我们的世界的了。他们不会相信，在这个荷花盛开的季节，每一个在池畔写生的女孩都可能是我，也可能不是我，每一个站在我身后的观众都可能是你，也可能不是你。

那个回了头的我也许永远不再是我，而那个始终没回头的女孩反而可能永远是我，永远在黄昏的池畔，画着一朵生涩的荷。

所以，如果有缘再来相逢，我们反而没有他们所猜想的那种快乐，反而要悲伤地回过头去，沉默地再次分离，这样的命运，是他们绝对无法想象和无法相信的了。

只有这千朵百朵的荷花知道，我们曾经怎样地活过，我们就会怎样地活下去。

辑四　　寒　夜

悠长的等待
——一个女性艺术工作者的领悟

我今天才能明白。真的,要到今天,我才能知道,很多事情唯一的解决办法是只有等时间来证明,很多很多事情只有在回头看的时候才能够得到澄清。所以,在事情发生的当时,要生气或者要争辩似乎都没有什么用处,我们唯一能做的事情应该就只是安静地等待,等待时光和岁月把所有的证据拿出来。

可是,在二十年前,在我的大学毕业美展上,我却不知道要怎样来回答阿雄说的话。

阿雄和我们同届,他虽然不是艺术系的,但却因为和艺术系男生同一个寝室的缘故,和我们这一班男女同学走得很近,我们系上的活动他也常来参加。

那天,他来看我们的毕业美展,站在走廊接待签名的桌前,用一种很奇怪的语气对我们这些女生说：

"其实，你们这些女生根本就是来捣乱的。占了人家男生入学的名额、上课的名额，到今天，又来拼死拼活占了人家得奖的名额；实在没道理！"

我们三四个女孩子坐在桌子的后面，原来是微笑着招呼他请他签名，可是他根本不理会我们递过去的笔，仍然大声地对我们说：

"我问你们！你们知不知道？这些第一名第二名的资历对将来要继续干这行的男生有多大用处？你们是来捣什么乱？你们这些女生现在拼成这样到底是要干什么？到最后一个个一出校门就嫁人生孩子去了，这些奖要捧回去当嫁妆吗？有什么用？"

我开始生气了，把笔一摔，站起来回答他：

"为什么没有用？假如我们以后一直画下去的话当然就有用！你们男生将来还不是会结婚会有家累也会有人改行？"

阿雄面对着我，竟然哈哈大笑起来，他用更大的声音对着旁边的同学说：

"好笑啊好笑！整个美术史上就没出过几个像样的女画家，她还不明白吗？她还能这样天真吗？"

二十年前的我是很天真，所以才会在那天和阿雄吵得面红耳赤。那个时候的我实在并不能明白，原来每一件事情都不是单独或者偶然发生的，所有单一的现象后面都有那潜伏着的来龙去脉。

我所处的时代，其实是有史以来第一次女性可以完整地发挥她们能力的时代。不管是在东方或者在西方,从二次世界大战以后,女性在受教育的机会上几乎可以说已经和男性完全平等了。

因此,一个女性可以在正常的情况下得到和男性完全相同的求知机会,如果她能够善自把握,那么,她所表现出来的成绩应该可以和她所放进去的努力成正比。

但是,整个的社会却还没有准备好。

这个千年来一直以男性为中心的社会却还没有准备好,所以才会有人认为是家庭电气化的结果促成了职业妇女的出现,或者因为副刊兴旺才会造成女作家的出头,这些种种似是而非的荒谬说法在近十几二十年中间不断地被传述着,说的人和听的人都似乎暂时满意了,可是,这实在并不是事实的真相。

事实的真相并不是这样的。在我们的上一代以前,女人一生中最重要的事情就是去嫁人和去生孩子。好女孩的一切都是为了准备将来的婚姻,而结了婚以后,好妻子和好母亲的传统定义就是——放弃你自己心里一切的好恶,从今以后,只能以你亲人的好恶来决定你一生的方向。

所以,很多妇人就这样交出了她的一生,并且以为这是唯一的道路。

而其实在这一条路上,我们还有很多的可能、很多的发展和很多的自由,我们的命运,是上一代以前的妇女所无法想象得到的命运。

在这条路上,现代女性所要做的,并不是去和男性争夺什么,而是去和男性并肩往前走去,一起去观察、学习,并且努力去改善这个世界。

今天的我,虽然并不是一个特别出色,将来可以走进美术史里的画家。但是，只要女性能够明白自己的命运，也能把握一切的学习机会，能够知道，除了做女儿、做妻子、做母亲之外，我们也可以在几十年的人生岁月里做我们自己另外还想要做的那个角色。那么，我相信，二十年以后，或者再二十年以后，一定会有很多杰出的女性画家可以走进美术史，我相信一定可以的。

当然，我现在说这些话的时候，也没办法拿出任何的证据来。但是，假如二十年前的阿雄今天遇见我，我就可以微笑地向他说：

"你看，阿雄，二十年了，我还一直在画画，所以我并不是存心要和你们男生捣乱的。我虽然有家累，可是也并没有改行。所以你该承认，女生也有权利把画画当作一生的事业的。"

因此，证据的提出需要一种悠长的等待，也需要整个社会的配合，当然，更需要女性本身的自省自觉。

让我再说一句罢，我们并不是要去争夺，也不是要去刻意表现，我们只是想在自己这一段生命里做一次我们自己。我们可以用很多的时间来尽量做好一个女性应该做好的那些角色，就像男性也要做好丈夫与父亲的角色一样。但是，我们也有权利给自己另外走出一条路来，在这条路上，我们只是一个独立的生命。

我们应该有权利在某些时刻里，成为一个真正独立的生命。

我们应该是可以有这种权利的。

困境

　　胡马,胡马,远放燕支山下。跑沙跑雪独嘶,东望西望路迷,迷路,迷路,边草无穷日暮。

——唐·韦应物

　　刚刚离家一个人去欧洲读书的时候,写了好多家书,厚厚的,每一封都总有十几页。

　　那时候,父亲从台湾也给我写了许多,信里常有令我觉得很温暖的句子。

　　有一封信里,父亲这样说:

　　"在家时的你,就爱一个人到处乱跑,一会儿上山一会儿下海的,我总觉得你是我五个孩子里最不听话的一个,就像一匹小野马。现在,小野马跑到那么远的地方去了,我还真有点不放心,有时候会轻轻叫你的名字。小野马,离我们老远老远的小野马啊!你也开始想家了吗?"

在异国冰寒的夜晚里读着父亲的信,热泪怎样也止不住地滚落了下来。心里恨不得能马上回到父亲的身边,可是,即使是当时那样年少的我也能明白,有些路是非要一个人往前走不可的啊!

在这人世间,有些路是非要单独一个人去面对,单独一个人去跋涉的。路再长再远,夜再黑再暗,也得独自默默地走下去。

支撑着自己的,也许就是游牧民族与生俱来的那一份渴望了罢。渴望能找到一个世界,不管是在画里、书里,还是在世人的心里,渴望能找到一块水草丰美的地方,一个原来应该还存在着的幽深华茂的世界。

这么多年过去了,我仍然在这条长路上慢慢地摸索着。偶尔在电光石火的瞬间,好像那美丽的世界就近在眼前,而多数的时间里,所有的理想却都永远遥不可及。

在这条长路上,在寻找的过程中,付出的和得到的常常无法预料。一切的现象似乎都彼此对立却又都无法单独存在,欣喜与歉疚,满足与憾恨总是同时出现,同时逼进,并且,谁也不肯退让。而在这些分叉点上,我逐渐变得犹疑与软弱起来,仿佛已经开始忘记我要寻找的到底是一些什么了。

难道,这就是年少时的我所不能了解的人生吗?

那个无忧无虑、理直气壮的小野马到哪里去了呢?

对于眼前的处境,对于自己的改变,心里总有一种说不出来的混乱与不安，在这一条迢遥的长路上，我难道真的就只能做一个迷途的过客而已吗？

而这并不是我当初要走上这条路来时的原意啊！

我能不能有足够的智慧来越过眼前的困境？能不能重新得回那片宽广宁静的天空？能不能重新拥有那跑沙跑雪独嘶的心情？还有，我那极为珍惜的，在创作上独来独往的生命？

在静夜的灯下，我轻声问着自己，能还是不能呢？

寒夜

初寒的夜晚，在乡间曲折的道路上，我加速疾驰。

车窗外芒草萋萋一路绵延，车窗内热泪开始无声地滴落，我只有加速疾驰。

车与人仿佛已成了一体，夹道的树影迎面扑来，我屏息地操纵着方向和速度。左转、右转、上坡、下坡，然后再一个急弯；刹车使轮胎在地面上发出刺耳的摩擦声，路边的灌木丛从车身旁擦刮而过，夜很黑很暗；这些我都不惧怕，我都还可以应付，可是我却无法操纵我的人生。

我甚至无法操纵我今夜的心情。

热切的渴望与冰冷的意志在做着永无休止的争执，这短短的一生里，为什么总是要重复地做着伤害别人和伤害自己的决定呢？

难道真有一个我无法理解和无法抗拒的世界？真有一段我无法形容和

无法澄清的章节？真有一座樊笼可以将我牢牢困住？真有一种块垒是怎样也无法消除？

而那些亲爱的名字呢？

那些温柔的顾盼和热烈的呼唤，是已经过去了还是从来也不曾来过？那些长长的夏季，是真的曾经属于我还是只是一种虚幻的记忆？生命里一切的挣扎与努力，到底是我该做的还是不该做的呢？

在这短短的一生里，所有的牵绊与爱恋并不像传说中的故事那样脉络分明，也没有可以编成剧本的起伏与高低。整个人生，只是一种平淡却命定的矛盾，在软弱的笑容后面藏着的，其实是一颗含泪而又坚决的心啊！

而那些亲爱的名字呢？

那些生命里恍惚的时光，那些极美却极易碎的景象真的只能放在书页里吗？在我眼前逐日逐夜过去，令我束手无策的，就是这似甜美却又悲凉、似圆满却又落寞的人生吗？

而在生命的沙滩上，曾经有过多少次令人窒息晕眩的浪啊！在激情的夜里曾经怎样舒展转侧的灵魂与躯体，终于也只能被时光逐日逐夜冲洗成一具枯干苍白的骸骨而已（在骸骨的世界里有没有风呢？有没有在清晨的微光里还模糊记得的梦）。

生命真正要送给我们的礼物，到底是一种开始，还是一种结束？

在初寒的夜里，车灯前只有摇曳的芒草，没人能给我任何满意的回答。在乡间曲折的长路上，我唯一能做的事，只有加速向前疾驰。

夜很黑很暗，在疾驰的车中，没人能察觉出我的不安。

两种时刻

我必须要承认,生活与生命在起初确实是不容易分辨的。

那时候,每天,我都在认真地过着我的日子,迎接着每秒每分变换着的时光。可是,我对任何事件都没有足够的智慧来分辨,我永远不能很清楚地知道,什么是对我重要的,那一件才是我想要永久保存的。因此,生活里永远充满了混乱、懊恼、悔恨和无所适从的感觉。

日子怎么会过成这样?

原来该是清明和朗爽的生命,却因为生活中所有琐碎的无知而改变了面貌。

今天,我又回到新北投山坡上的那个旧家去了。

屋子的新主人并没有住在那里,所以,所有我们曾经珍惜过的事物如今都只好任它弃置任它荒芜了。

大门是虚掩着的，站在门外的我可以看见我那杂草丛生的昨日。杜鹃、山茶、紫薇和桂花都被蔓草遮盖住了，只有门边那一棵七里香依然无恙，长得又高又大，并且依然对我开着细小洁白的花朵。暮色逐渐加深，郁香依旧袭来，我亲爱的朋友啊！你们之中，有谁能够真正解我悲怀？

在这个院子里，有我亲手种下的树，有我沿着小路边仔细栽下的花，石砌的矮墙内曾经有过如茵的绿草。多少个夏日的清晨，我喜欢赤足站在上面，嫩而多汁的小草特别沁凉、特别细密，衬出我洁净的足踝和我那洁净的青春。大屯山总是在云里和雾里，绕着墙外流过的，就是那一条小河，让我在每天早上刚醒的时候都会以为是雨声的小河。

这么多年过去了，小河的水流仍然是一样的声音，而那个曾经那样喧哗快乐的家究竟到什么地方去了呢？那个短发圆脸爱笑爱闹的女孩怎么会改变得完全认不出来了呢？那些个曾经那样温暖和芬芳的夜晚，有多少次，刚升起的月亮就在整排静默的尤加利树后面，月明如水，而为什么？在那些时刻里，我却总是一句真心的话都不肯透露，一点消息都不肯传递呢？

生活与生命的分别也许就在这里了罢。

在生活里，一切都好像是正常和必需的，所以我们一切的反应也都是从容和有规有矩的。但是，在面对着只属于生命的那些独特时刻里，却总会有一种压力迎面而来，让我们觉得犹疑、战栗和身不由己。

十九岁那年，站在山坡上，远远望去，仿佛所有的峰峦、所有的江流都充满了一种令人振奋的希望。而二十年后再来登临，再来远远地望过去，山峦与江流外面的世界就是我们曾经摸索追寻、跌倒再爬起来、哭过也笑过的那一个世界。在灰紫色的暮霭里，所有的过去井然有序地在我眼前排列开来，我发现，我竟然能够很轻易地就分辨了出来，那些时刻是属于生活，而那些时刻是只属于我的生命的了。

因此，就真的好像我写的那两句诗了：

所有的时刻都很仓惶而又模糊
除非你能停下来　远远地回顾
……

因此，对那个在逝去的岁月里认真生活过的我，总禁不住会产生一种怜爱的感觉。真奇怪的安排啊！为什么在回头看的时候能够看得那样清楚，而在事情发生的当时却总是惶惶然不知所措？也许，有的人会说，这是随着年龄的成长而逐渐改变的一种力量。那么，这种逐渐让我们改变的力量到底是怎么来的？为什么一定要我们用一生的时间来搜寻才能发现呢？

我年轻的学生写信给我，她问我："老师，在您的一生里，好像一直是安稳地走过，您可曾经历过挫折吗？"我不知道该怎样回答她。如果她的挫折指的是战乱、流离、穷困、被歧视、被冤屈、失败和失望这些历程的话，那么我是都经历过的。在我的生活里确实遭遇过不少的风浪与挫折,也曾焦头烂额地应付过,可是在应付过去了以后我就把它们都忘记了。今天要我再来追溯就是一些非常模糊的片段,而在这些片段里我能记得的也只是一些令我觉得安慰的朋友的言词,他们的安慰就好像那些闪烁在黯淡天空上的星辰,使我的生命因此而变得比较坚强和充实,所有的挫折都只是生活上一些必须经历然后再忘记的时刻了。

在我成长的过程里,上苍不断地眷顾着我,他不断地给我增添了无数美丽的记忆。就好像结婚的时候,两个穷学生怎样筹措、怎样张罗的细节都已经记不起来了,却一直记得他给我的那把小苍兰的柔白与芬芳。还有他告诉我的花店女店员怎样追出来微笑地为他在礼服上插上胸花,而我不断地想像,当他捧着那把小苍兰喜滋滋地走过布鲁塞尔春天的市街前的时候,他周围的行人曾经用怎样怜爱与欣羡的眼光目送过他。

又好像那一次几乎要置我于死地的难产,在待产室里怎样孤独又焦虑地接受那好像永无止境的折磨。那些挣扎,那些哀号,在今天回想起来时都非常模糊了。却永远记得在听到孩子第一声啼哭时我盈眶的热泪,还有那个不知道名字的护士在我身旁一迭声地安慰:"好勇敢的妈妈!好勇敢的妈妈!"

又好像那一年,当他的母亲突然逝去的时候,我是怎样努力将他从深沉的悲伤里带引出来的种种也已经忘记了。却永远记得在过了好多天木然的日子以后,有一天早上,他终于将我环抱起来,用极轻极柔的拥抱,让我明白,此后我将是他唯一深爱并且可以依靠的人了。这样一种无言的许诺,在世间将没有任何珍宝可以替代,而我每回想起,每回心中就充满了

庄严与温柔的感激,我愿永生永世能在他的身边,做他的妻。

所以,我亲爱的朋友啊!我相信我们彼此都已经开始明白了。我不必在这里把那些我已经不再在意和已经快要忘记的挫折和忧伤再一一列举出来,我所想的和我所写的都是我愿意留下来的记忆,生活与生命真正的分野也许就在这里了罢:前者只是一种我们经历过的无法逃避的、在有一天终于都会过去的分分秒秒,而后者却是我们执著的,不断想要珍惜地记起来的那些人和事的总和。

因此,今天的我,站在荒芜了的旧日庭院前的我,一面感受到傍晚山风袭来的肃杀,一面却又深深地呼吸着七里香浓郁的芳香,生活与生命是怎样一种奇妙而又矛盾的组合。

我知道,日子会逐渐地过去,岁月想必也会逐渐地在我心中织成一张温柔的网,我想必也会在将要来临的日子里,把这些生活上不可避免的悲愁逐渐忘记,把这一层灰紫色的暮霭和丛生的杂草都从记忆里剔除,然后,在回头看的时候,我将只会记起这一棵七里香来。对于今天这一个时刻所有的记忆,将只有这一棵七里香了。那样高大、那样诚恳、却又那样细致地在我最需要它的时候,为我开出了一树细小、洁白和芬芳的花朵来。

亲爱的朋友,有些花树生长在山林间,有些花树将会永远长在我的心中,长在生活与生命交错而过的时刻里,我将永远不会,永远不会忘记。

中年的心情

今夜,在我的灯下,我终于感觉到一种中年的心情了。

这是一种既复杂却又单纯,既悲伤却又欢喜,既无奈却又无怨的心情。

这是一种我一直不曾完全知道的心情。

*

在那个时候,在十几年前,当船停靠到旅程的最后一站,当我在法国的马赛港上岸的时候,世界曾经以怎样光辉灿烂的面貌来迎接我啊!我,一个艺术系的小小毕业生,一个年轻的东方女子,是怀着怎样一颗热烈如朝圣者的心,在博物馆和美术馆的长廊里,一张画一张画地看过去,每一个角落都不肯放过。而在学校里,每逢考试,每逢竞争,就用一种超乎平常百倍千倍的力气去拼斗,不得到第一誓不罢休。寒冷的深夜,在布鲁塞尔市中心租来的简陋画室里,埋头作画的我似乎竟然有着一种烈士的心情了。

在那个时候,我的周遭充满了种种美丽的事物,每一种都有一种不同的光采,我每一种都爱,都想要,并且,都一定要得到。

而十几年过去了,就在这个夏天,我去了一趟纽约和芝加哥,在纽约的大都会博物馆里,我却有了一种不同的心情。墙上挂着的画幅依旧让我喜爱,但是,我已经学会用另一种方法来观看了。我知道这个博物馆里有着惊人的丰富珍藏,然而,我每一次去,却都只看一个小小的区域。我可以用好几个钟头的时间来欣赏莫内的一幅灰紫色的睡莲,在我喜爱的画幅之前,我变得非常安静和从容。我不再像十几年前那样的急切,那样匆忙地在博物馆里上上下下奔跑,渴望着能把每一样东西都看遍,渴望着能够不漏过每一个细节,每一个角落,我不再是那样的一个人了。

十几年的生活,使我有了不同,我已经知道,世间的美是无限的,而终我一生,我所能得到的却只是有限中的有限,就只有那么一点点而已。

因此,既然是这样,为什么不能好好地来享受我眼前所能见到的这一点有限的美呢?

当然,我知道,就在另外一幢楼里,或者,就在另外一间展览室里,甚至,就在隔墙,就在一扇门之外,有我还没有见到的珍奇与美丽,也许在我一举足,一跨步,一开门之间就可以见到。

可是,我也深深地明白,就在我惶急地一转身的时候,那张原来已经在我眼前,原来已经安静地呈现在我眼前的那一幅画,原来已经在墙上等待了我那么多年，原来已经等到了我的来临，原来，原来已经就要马上进入我的心里，马上成为我日后的安慰与幸福的那份美丽，就会在我一转身的那一刹那，被我永远地抛在身后了。

因此，我就站住了。也许是在这一张灰紫色小幅的睡莲之前，也许是在另一个博物馆里，在那个神奇的月夜，无邪的狮子轻嗅着沉睡中的吉普赛人的画幅之前，我静静地站住了。在我能得到的有限之中，我甘心做一个无限专注热情的观众。

中年看画，竟然看出了一种安静与自足的心情来。

*

然而，"看画"，到底仍然是一种可有可无的收获，而在人生的这一条长路上，走到中途的我，错过了的，又岂仅是一些珍奇与一些美丽而已呢？

在人生的长路上，总会遇到分歧的一点，无论我选择了那一个方向，总是会有一个方向与我相背，使我后悔。

此刻，在我置身的这条路上，和风丽日，满眼苍翠，而我相信，我当初若是选择了另外一个方向，也必然会有同样的阳光，同样的鸟语花香。只是，就因为在那一个分歧点上，我只能选择一条被安排好的路，所以，越走越远以后，每次回顾，就都会有一种莫名的怅惘。在我心里，那条我没能走上的小径就每次都在那里，在模糊的颜色里，向我展露着一种模糊的忧伤。

然而，中年的心情，是由不得我来随意后悔的啊！

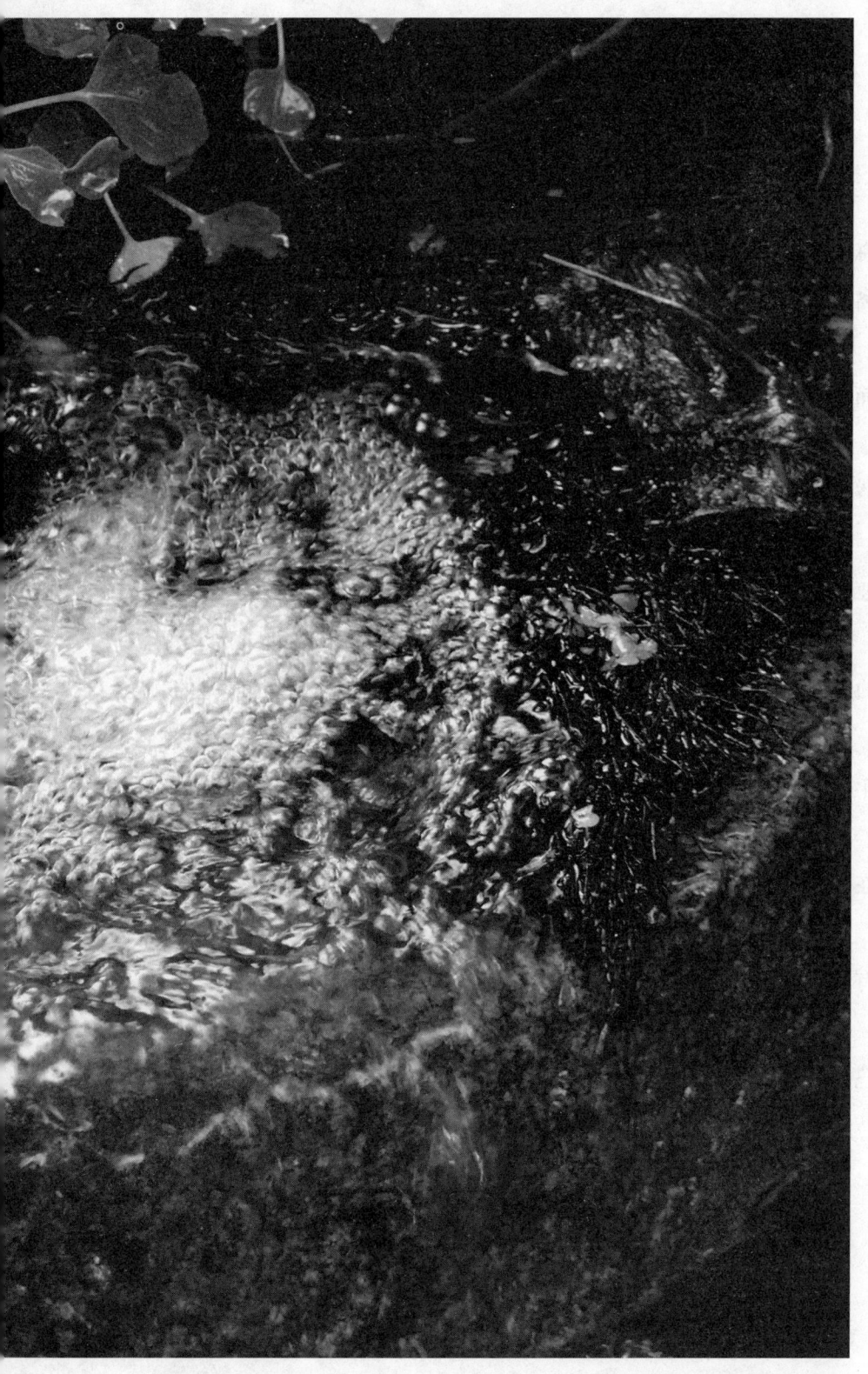

于是，我不断地充实自己，锻炼自己，告诉自己：要了解世间美丽与珍奇的无限，要安静，要知足，要从容，要不后悔我所有的抉择，所有的分离和割舍。

因此，对现在的时刻就越发地珍惜起来。我想，所有被我匆忙地抛在后面的日子，对于它们，我是再也无能为力了。可是，对那些即将要来临的，对眼前的这一个时刻，我还来得及把握，还可以用我的全心与全力来等待、企盼与经营。

我想，无论如何，在往后的日子里，对所有被我珍惜的那些事物，我都要以一种从容与认真的态度去对待。

我原来以为，只要认真地琢磨，我可以把中年的时光琢磨成一块晶莹剔透的玉，只要我肯努力，生活就可以变得极为光洁、纯净，没有丝毫的瑕疵。

可是，我却不知道，生命里到处都铺展着如谜般的轨道，就算是到了中年，有些事情仍然是我无法探索也无法明白更无法控制的了。

因此，我愕然发现，人类的努力原来也是有限的。理想依旧存在，只是在每一个昼夜的反复里，会发生很多细小琐碎的错误，将我与我的理想慢慢隔开。回头望过去，生命里所有的记忆都只能变成一幅褪色的画，而只有我自己才知道，在我心里，曾经是那样鲜明的颜色啊！

面对着这样的一种结果，我在悲伤之中又隐隐有着欢喜，喜欢臣服于自己的命运，喜欢时光与浪潮对生命的冲洗。

*

而正如他们所说的：那就是我所有的诗里的心情了。

自从把诗印成铅字以后，就不断有认识的或者不认识的读者来问我，很直接或者很技巧地问我，他们很想知道，在我诗里的这种心情，是真的还是假的？

而我要怎样才能回答他们呢？

莫内的那一幅灰紫色的睡莲，或者他画的所有的睡莲：清晨的、正午的、傍晚的、那些巨幅的连作，或者是那些小张的速写，到底是真的还是假的呢？

在他作画的时候，那池中的睡莲开得正好，与它们娇艳的容颜相比，莫内画上的睡莲应该只是一种没有生命的颜色而已。可是，画家在他的画里加上了一些他愿意留下来的，他希望留下来的美丽，藉着大自然里无穷的光影变化，他画出一朵又一朵盛开的生命。

这个夏天，当我站在他的画前的时候，七十多年前那个夏天里那一池的睡莲早已枯萎死去了。和他画中的睡莲相比，到底谁才是实？谁才是虚？哪一朵是真的？哪一朵才是假的呢？

又有谁能够回答我呢？

*

而中年的心情，也许就是一种不再急切地去索求解答的心情了罢？

也许就是在被误会时，不再辩解，在被刺伤时，不再躲闪的那一种心情了。

无怨也无尤，只保有一个单纯的希望。

希望终于能够在有一天，画出一张永不褪色的画来。

写给幸福

翠鸟

夏日午后，一只小翠鸟飞进了我的庭园，停在玫瑰花树上。

我正在园里拔除杂草，因为有棵夜合花挡在前面，所以小翠鸟没看见我，就放心大胆地啄食起那些玫瑰枝上刚刚长出的叶芽来了。

我被那一身碧绿光洁的羽毛震慑住了，屏息躲在树后，心里面轻轻地向小鸟说：

"小翠鸟啊！请你尽量吃罢，只求你能多停留一会儿，只求你不要太快飞走。"

原来在片刻之前还是我最珍惜的那几棵玫瑰花树，现在已经变得毫不重要了。只因为，嫩芽以后还能再生长，而这只小翠鸟也许一生中只会飞来我的庭园一次。

面对着这一种绝对的美丽，我实在无力抗拒，我愿意献出我的一切来换得它片刻的停留。

对你，我也一直是如此。

喜鹊

在素描教室上课的时候，我看见两只黑色的大鸟从窗前飞掠而过。

我问学生那是什么？他们回答我说：

"那不就是我们学校里的喜鹊吗？"

素描教室在美术馆的三楼，周围有好几棵高大的尤加利和木麻黄，茂密的枝叶里藏着很多鸟雀，那几只喜鹊也住在上面。

有好几年了，它们一直把我们的校园当成了自己的家。除了在高高的树梢上鸣叫飞旋之外，下雨天的时候，常会看见它们成双成对地在铺着绿草的田径场上慢步走着。好大的黑鸟，翅膀上镶着白色的边，走在地上脚步蹒跚，远远看去，竟然有点像是鸭子。

有一阵子，学校想重新规划校园，那些种了三十年的木麻黄与尤加利都在砍除之列，校工在每一棵要砍掉的树干上都用粉笔画了记号。站在校园里，我像进入了阿里巴巴的童话之中，发现每一棵美丽的树上都被画上了印记，心里惶急无比，头一个问题就是：

"把这些树都砍掉了的话，要让喜鹊以后住在哪里？"

幸好，计划并没有付诸实现，大家最后都同意，要把这些大树尽量保留起来。因此，在建造美术馆的时候，所有沿墙的大树都被小心翼翼地留了下来，三层的大楼盖好之后，我们才能和所有的雀鸟们一起分享那些树梢上的阳光和雨露。

上课的时候，窗外的喜鹊不断展翅飞旋，窗内的师生彼此交换着会心的微笑。原来雀鸟的要求并不高，只要我们肯留下几棵树，只要我们不去给它们以无谓的惊扰，美丽的雀鸟就会安心地停留下来，停留在我们的身边。

而你呢？你也是这样的吗？

透明的心

陪母亲去医院做复健治疗，是我没课的日子里一定会去做的工作。

尽管外面阳光普照，医院里仍然有股隐隐的寒意，生病的朋友遇见了也会打个招呼，他们的脸色总是比平时的要阴暗多了。

一个实习的小护士走过无人的长廊，两边的落地玻璃窗把阳光带了进来，铺在光滑的磨石子地上，划出一个个的方格。穿着浅蓝色衣裙的小护士忽然微笑了，踮起脚尖开始在这些方格里玩起跳房子的游戏，一路向走廊这头跳了过来。

我就站在走廊的这一端，心中能完全感觉到她的欢喜。是啊！小女孩，快摆脱掉那些病房里的疾病与痛苦罢，在这个有阳光的长廊上，年轻的你有着一切感受快乐与幸福的权利。

我安静地站在满头白发的母亲身后,随着她缓慢的脚步往前走去,长廊外,新长出来的叶子在阳光里竟然是完全透明的。

在你的凝视之下,我多希望我也能有一颗完全透明的心。

独木

喜欢坐火车,喜欢一站一站的慢慢南下或者北上,喜欢在旅途中间的我。

只因为,在旅途的中间,我就可以不属于起点或者终点,不属于任何地方和任何人,在这个单独的时刻里,我只需要属于我自己就够了。

所有该尽的义务,该背负的责任,所有该去争夺或是退让的事物,所有人世间的牵牵绊绊都被隔在铁轨的两端,而我,在车厢里的我是无所欲求的。在那个时刻里,我唯一要做也唯一可做的事,只是安静地坐在窗边,观看着窗外景物的变换而已。

窗外景物不断在变换,山峦与河谷绵延而过,我看见在那些成林的树丛里,每一棵树都长得又细又长,为了争取阳光,它们用尽一切委婉的方法来生长。走过一大片稻田,在田野的中间,我也看见了一棵孤独的树,因为孤独,所以能恣意地伸展着枝叶,长得像一把又大又粗又圆的伞。

在现实生活里,我知道,我应该学习迁就与忍让,就像那些密林中的树木一样。可是,在心灵的原野上,请让我,让我能长成为一棵广受日照的大树。

我也知道，在这之前，我必须先要学习独立，在心灵最深处，学习着不向任何人寻求依附。

白帆

可是，我如何能做到呢？如何能不寻求依附？在我的心里，不是一直有着你吗？

你是一艘小小的张着白帆的船，停泊在我心中一个永不改变的港湾。

我对你永远有着一份期待和盼望。

在年轻的时候，在那些充满了阳光的长长的下午，我无所事事，也无所怕惧，只因为我知道，在我的生命里，有一种永远的等待。挫折会来，也会过去，热泪会流下，也会收起，没有什么可以让我气馁的，因为，我有着长长的一生，而你，你一定会来。

今天，阳光仍在，我已走到中途。在曲折颠沛的道路上，我一直没有歇息，只敢偶尔停顿一下，想你，寻你，等你。

雾从我身后轻轻涌来，日光淡去，想你也许会来，也许不会，开始害怕了。

也开始对一切美丽的事物怜爱珍惜。不管是对一只小小的翠鸟，或是对那结伴飞旋的喜鹊；不管是对着一颗年轻喜乐的心，或是对着一棵亭亭如华盖的树；我总会认真地在那里面寻你，想你也许会在，怕你也许已经来过了，而我没有察觉。

　　日子在盼望与等待中过去，总觉得你好像已经来过了又好像始终还没有来，你到底在什么地方呢？你到底是一种什么模样呢？

　　总有一天，我也会像所有的人一样老去的罢？总有一天，我此刻还柔细光洁的发丝也会全部转成银白，总有一天，我会面对着一种无法转圜的绝境与尽头；而在那个时候，能让我含着泪微笑地想起的，大概也就只有你只是你了罢？

　　还有那一艘我从来不曾真正靠近过的，那小小的张着白帆的船。

辑五　　窗　外

胡凡小姐的故事

小时候看童话书，最爱看的是这样的结尾：

"——于是，王子就和公主结婚了，以后他们就住在美丽的城堡里，过着非常快乐的日子。"

把书合起来以后，小小的心灵觉得安慰又满足，历尽了千辛万苦的情侣终于可以相聚在一起，人世间没有比这个再美再好的事了。

等到长大了一点，对爱情的憧憬又不一样了：爱应该是不指望报偿的奉献，是长久的等待，是火车站旁费雯丽带着泪的送别，是春花树下李察波顿越来越模糊的挥手的特写。凄怨感人的故事赚了我满眶热泪，而在离开电影院或者合起书来以后，却有一种痛快的感觉，毕竟，悲剧中的美才是永恒而持久的。

可是，胡凡小姐的爱情故事又改变了我的看法。

*

我在布鲁塞尔读书时住过好几个女生宿舍,其中有一间宿舍的名字叫做"少女之家"。顾名思义,这里面住的应该都是年轻的女孩子,事实上,宿舍里最小的有十六岁,最大的廿四岁,只有一个住了十年的法兰西丝是例外,但是,大概因为是单身职业女性的缘故,平日收拾得很漂亮,人也乐观和气,脸色红润,所以看起来仍然很年轻。因此,"少女之家"算得上是名副其实的。

只有一个同伴与我们完全不一样。

在我刚搬进去不久,我就发现她了。其实,假如置身在外面的人群里的话,她一点也不古怪,不过是个白头发的瘦老太太罢了,然而,在我们这些女孩子中间,她的面貌与举止就非常令人不舒服了。

我们宿舍里也有白头发的人物,比方说:负责人安丝玉小姐、厨娘玛丽女士,都已是上了年纪的人了。但是,她们的举止恰如她们的身份和年龄,不管是如前者般的和蔼可亲或者是如后者般的喋喋不休,都不会引起我们怪异的感觉。

而胡凡小姐实在是个很奇怪的同伴。她并不住在宿舍,只是每天来吃三餐饭。她每天七点正一定已经来到饭厅了,穿着灰绿色的大学生式样的长大衣,终年围着一条灰色的围巾,进门的第一件事,便是伸出长而瘦的双手去摸窗边的暖气,一个一个窗户地摸过来,假如暖气开得够大,她就喜笑颜开,否则的话,她就会一直搓着手,然后到每一桌的前面来抱怨,为什么暖气不能再开暖一点?

"你不觉得冷吗？"

"你不觉得这房间冷得像冰窖吗？"

问你的时候，她那灰色的眼睛就直瞪着你，你如果不马上回答她，她就会一直瞪着你看。她那灰白的头发剪得很短很直，因而大多数的时间都是乱蓬蓬地梳在耳后，用一条花色很杂很旧的纱巾包起来，越发显得脸的瘦削与鼻子的高峻，极薄而没有血色的嘴唇，如果不说话的时候总是紧紧地向下抿着，一副悲苦无告的样子。

要听到你同意的回答以后（最好同意她，否则没得完的），她才会离开你。一面很满足地点头，一面开始解开围巾，脱下大衣，扯一下灰色毛衣的下襟，然后仔细地挑选一个她认为最温暖的角落坐下来。

她这一天便差不多都会固定在这个角落上了，一直要到吃完晚饭以后，才又穿上大衣，包上围巾，走回家去。

我们平日上班上学的时候，她也一个人待在冷清清的餐厅里，面前一杯咖啡。偶尔，门房马格达有空的时候会过来和她聊上几句，否则，多半的时间，她都是一个人独坐在那里，面朝着门口，等着我们回来。

*

她叫得出我们每一个人的名字，对我们每一个人的喜怒哀乐都很关心，也都想参与。我们唱情歌时，她也用她沙哑的声音拔高了来跟着我们一起唱，我们傻笑时，她也跟着傻笑，我们买了新衣服时，她比谁都热心地先来批评一番，我们有谁的男朋友来了信或者来了电话时，她也总会头一个大呼小叫地来加入我们。

而青春是一种很冷酷的界限，自觉青春的少女更有着一种很残忍的排他心理。奇怪的是：为什么到今日我才知道我当年的残忍，为什么在那个时候，我们只觉得她是个古怪而扫兴的人。觉得她嗓子太尖，觉得她头发太白，觉得她的话语太无趣，于是，不管我们玩得有多高兴，一发现她的加入时，大家都会无奈地停下来，然后冷漠地离开她。

有一天，我们正在谈着男朋友和未婚夫之类的话题时，她也在一边尖着耳朵细听，从刚果来的安妮忽然对她蹦出一句话来：

"胡凡小姐，你有没有未婚夫？"

"有过啊。"她很快地回答。

"别唬人！拿相片来看才信你。"安妮恶作剧似地笑起来，就是啊！这眼前蓬发失神的老妇人，怎么也不能和"男朋友"三个字联在一起。

头一次，胡凡小姐不跟着我们傻笑了，她装作好像没听见似地低头喝咖啡。马格达在门边狠狠地瞪了安妮一眼，我们觉得很没趣，就都站了起来、散了。

*

学校放暑假，大卫打电话来约我参加他的同学们办的郊游，我兴高采烈地去了。我们在比利时东部的山区里消磨了一天，夏日的森林太迷人，有着各式各样的风采。

当我正想走上一条很狭窄的山径，单独一人去寻幽探胜的时候，彼得——大卫的一个比国朋友叫住了我。

那位比国朋友，就是山区里的居民，他告诉我山中多歧路，很容易迷

途,尤其是冬天,因为积雪很久都不化,更不易找路:

"这一片山区,出了好多次事了。有时候找到迷路人的尸体时,常会发现他就在大路的旁边不远。但是,在四处都是相似的枯枝与相似的白雪时,就算回家的路近在眼前,他也无法分辨,就这样在离生还的希望几公尺前倒下来了。"

他说这话的时候,正是风和日丽的夏日正午,太阳光从翠绿层叠的高枝上洒下来,森林中有着一层绿玉般的光影,照在每一条曲折的小径上。地上开满了野花,小鸟的鸣声带着宜人的尾音,美丽的森林安详宁静地包围着我们。

我实在不能想象这样美丽的森林还会有另外一副恐怖的面貌、狰狞的威胁,我不能想象,我也不愿想象。

于是,在一连串的惊叹以后,仍然可以回过头来再过我们自己的日子。虽然在听过那些故事以后,好像偶尔会有死者的阴影从幽深的小径的尽头掠过,但那到底与今日的我没有多大的关连,只要摆一下头,大笑几声,或者跟着同伴跑上几步,就可以摆脱了。

回到宿舍时,已经很晚了。洗了澡换了睡衣,正想回房睡觉,走过法兰西丝的门前时,看见还有灯光和人声,敲敲门伸个头进去,门里三四个女孩子正围坐在地板上闲聊,怪惬意的。

"怎么还不睡?"

"进来坐,阿蓉。"

"嘿!阿蓉,今天玩得高兴吗?你们到哪里去了?"

法兰西丝一面问我，一面拍拍她身边的空地。于是，把门关好，我也挤了进去。法兰西丝是我们这里资格最久的房客，在她房里吵闹的话，安丝玉小姐很少来干涉的。

我先向她们报告了今天的行踪，她们之中，也有人去过的，马上就热热闹闹地谈起来了。

"嗨，说个秘密给你们听好吗？"法兰西丝忽然想起了什么来，"是关于胡凡小姐的。"

"好啊！"我们大家都要听，安妮又想到胡凡小姐的古怪模样，于是她站起来，伸出手在墙壁上乱摸，一面摸，一面问我们：

"你们觉得够暖吗？"

"你们不觉得这房子冷吗？"

大家都嘻笑了起来，安妮又黑又胖又圆的样子完全不像胡凡小姐，只有那沙哑的语调倒学得满像的。

*

法兰西丝也笑了，招手把安妮叫了回来。然后用暂时的静默和逐渐转变的神色来向我们暗示，她要讲的故事不是个轻松的故事：

"你们别看胡凡小姐现在这个模样，她年轻的时候可是个出了名的美人哩！

"在我刚搬进宿舍的时候，她就已经是这个样子了。不过，听安丝玉小姐说，她年轻时的确是很美，很有气质的，那件事情发生以后，她的相片还上过报纸。

当然，假如不是因为那件事，单只为她长得美，记者是不会特意去报导的，实在是因为那件事情太惨了。

大概在四十多年前，胡凡小姐十九岁的时候，和同村的一个男孩子订了婚。那个男孩子刚从大学毕业，在镇上找到了事情。他们两家住得不远，从小就相熟，可以算是青梅竹马。他们的家就在阿蓉今天去过的那个山区里，两家的中间，隔着一片森林，林子不大，假如天气好，路又熟的话，从这里走到那家不过三四十分钟的样子。"

"唉哟！要会一次情人还要走上半个多钟头，我才不干呢！"又是安妮打岔，法兰西丝不理会她。

"在山区的人来说，三十分钟的山路算不上什么，这一对情人大概在森林里过过很多好日子。

他们订婚的那一天，照了很多相片。在几天后的傍晚都冲洗出来了。男孩子从镇上下了班以后，就把这些相片都带回来了，他想马上就把相片拿去给胡凡小姐看。可是，那几天山区正在下雪，天又快黑了，男孩的母亲用那地方的乡下人惯有的顾忌劝阻她的孩子，她认为这不是个可以外出的晚上，尤其是到森林里去，有什么事第二天早上去不是一样吗？

可是，你们大概是知道的，没有什么可以阻挡这年轻人去会爱人的心的。男孩子虽然知道山区里曾经发生过很多事情，但是，他自恃身强体壮，又自信对这森林熟如指掌，于是，只加上了一些御寒的衣物，他就兴冲冲地带着相片去献给爱人去了。

他进了那个林子以后，母亲就开始担心了。当时两家之间也没有电话，整晚都无法联络，母亲也整夜无法合眼，天刚亮的时候，就四处央人去帮她找她的孩子。

孩子找到了，就在一片枯林的中间，一条他们平日很少走的路，为什么会在黑暗的寒夜里引导他走向生命的尽头？怀中的相片上微笑的情侣再也无法相见了，相片却被那些记者拿去登在报上，大大地作了一番报导，赚了很多读者的眼泪。

胡凡小姐就出了名了。后来，她一个人离开了家，到布鲁塞尔来做事。她没读过什么书，只能在工厂里做工，或者在商店里做店员。就是在那个时候认识了安丝玉小姐，就搬到我们这个宿舍来住了。可是，她常常换事情，每件事都做不太久，几年后就离开宿舍，听说是去法国投靠她姊姊，二十年来没有一点音讯。

有一天，她又回到宿舍来了，她变得很苍老，也没有职业，靠社会福利金过活。碍于规定，宿舍无法收留她，安丝玉小姐替她在附近找了个房子，每天三餐要她回来吃，才解决了她的问题。就这样又过了十几年。"

法兰西丝说完了她的故事，我们都呆了，房间里很安静，伊素特，一个平日待人很好的比国女孩子轻声地开口说话：

"我去过她家。有一次，她病了，好几天没来吃饭，我打听了地址去看她，她的房里光秃秃的，除了一张床以外，什么都没有。她好像很生气，不喜欢我去看她的样子，一句话也不和我说，我只好赶快走掉。

后来，安丝玉小姐去看她，大概给她请了医生。过了几天，她又回宿舍吃饭了，好像忘了跟我发过脾气的事，又对我有说有笑了。"

胡凡小姐的爱情故事,不正是我最爱看的那一种吗?有着永恒的美感的悲剧!假如搬上了银幕,最后的镜头应该是一片白茫茫的森林,女主角孤单落寞的背影越走越远,美丽的长发随风飘起,悲怆的音乐紧扣住观众的心弦,剧终的字幕从下方慢慢升起,女主角一直往前走,没有再回过头来。影像慢慢地淡了,当灯光亮起时,观众还带着一副意犹未尽的陶醉的神色。

　　可是,我看到的剧终,放在四十年后,却完全不一样了。这样的剧终,虽然是真实的,却很难令人欣赏:一个古怪的白发老妇人,走在喧嚣狭窄的市街上,在她光秃秃的屋里,只有一张床。

　　自此以后,在胡凡小姐的面前,我再也不唱那首我一直很爱唱的法文歌了:

爱的欢乐,
只出现了一会儿。
爱的痛苦与悲哀啊,
却持续了整整的一生。

一九七七年八月三十日

玛丽安的二十岁

我头一次来找这间女生宿舍的时候,几乎错过了它。

宿舍在一条很陡峭、很狭窄的斜坡的闹街上,两旁都是百货公司,白花花的大玻璃橱窗,嚣张的霓虹灯,忙碌的店员,忙碌的行人。这里是布鲁塞尔的中下等商业区,因此商店里摆的也是中下层人买得起的货色,在门口堆成一大堆的柜台上,有时候是贱价的毛衣,有时候是当令的水果,有时候是打折的睡衣裤,有时候是你想都想不到的奇怪东西。

而这幢灰暗、老旧的女生宿舍就挤在这些陈列着便宜货的百货公司中间,越发让人看不见它。其实,住久了以后,我就发现这栋建筑虽然老旧,但是却很宽敞,当年一定也曾气派过。一排三层的雕花窗户,每层靠街都有五六间房间,然后左后方又伸出去七八间房间,整栋建筑是个大写的 L 字形。而在这个字形的空缺处便是一个长方形的花园,不太大,但是与市声隔绝，很幽静，草坪上又种了好多玫瑰，在夏天时是足够宿舍里的女孩子日光浴用的了。

我就是在那里遇到玛丽安的。

我对她的第一个印象并不太好，因为她穿了一条太短的短裤，大衬衫上又印了很多看起来很闷的红黄色的花样。蓬发是干草色的，又长又乱，在脑后用橡皮筋随便扎了个马尾。身材高大得有点笨重，而最令我不喜欢的就是那张长而多汗毛的脸上傲慢的表情。

那天太阳很暖和，是布鲁塞尔难得的一个好夏天，我在这宿舍已住了半年了，已经有了一个小圈子的朋友，所以，当玛丽安懒懒地走向我时，我并不想向她打招呼，我并不需要她这样一个朋友。

于是，我只是安静地靠在草地上，好像有意又似无意似地把眼睛眯起来，玫瑰花在我身旁散发着被阳光烘焙出来的熟香，我索性闭起眼睛向后躺下去。我今天需要独自享受我的青春，我并不需要朋友，我希望她不要过来打扰我。

她果然没来打扰我，我安静地躺了许久，除了角落上安妮那一伙的谈笑声以外，没有任何新的声音。

我有点好奇，忍不住张开眼睛，坐起来，便看见她的微笑了。和她刚才傲慢的神色比起来，她有一个非常羞怯而又动人的笑靥。她正一个人孤单单地坐在离我不远的椅子上，交叉着双臂注视着我，对我试探地微笑，好像很寂寞的样子。

我心里有点不忍了，于是，我也向她笑起来，究竟，我和她有很多相似之处：我们都有一副傲慢的面孔，一个羞怯的微笑，和一颗寂寞的心罢。

大概就是因为这样，我和玛丽安开始做起朋友来。刚好我俩的房间都在同一层楼上，早晚见面的机会也多，从一起下楼去饭厅吃饭开始，慢慢地一起出去散步，一起出去买东西，到一起在房间里做竟夜的长谈。

这个宿舍里出出进进总住有二三十个女孩，大多数是比国人，外国籍的只有三四个，通常都是远道来求学的学生，好像我一样，而比国的女孩们则差不多都是已经在上班做事的了。经验告诉我，这些女孩如果不是家离学校太远，通常都是在家里得不到快乐才会到宿舍来住的，所以，我虽然和玛丽安已经很熟悉了，但是我始终不敢问及她的家庭，我只听她说过一次，她的父母已离婚了。

她现在正在读秘书学校，大概还有几个月就可以毕业，她希望能在毕业之后，马上就可以找到一份工作。

"我恨不得马上就能做事，可是我爸爸说不必急，他可以供我到二十岁。"

"那么，你现在几岁了呢？"

"十九岁半了，其实，假如不是跑到加拿大去白混了半年，也许我现在已经毕业了。"

才十九岁半，但是她看来远超过这个年龄。我知道白种女孩发育得都很早，所以在我这个东方人的眼中看来，她们都过于成熟。但是，玛丽安的样子有点不同，她好像是在情绪上的成熟，才十九岁半，就一个人寂寞地独来独往了，放假日也很少看她回家，带着一副毫不在乎的傲慢面孔踯躅在布鲁塞尔的街头，怪不得她会有那么寂寞的一颗心。

她实在是很寂寞的，每天一早去秘书学校，中午赶回来吃中饭，下午又去补两三个钟头的语文课。下课后就待在宿舍钩毛衣，一直等到我下课回来，于是一起吃上一顿叽叽喳喳的晚餐，吃完饭后不是拖我出去散步，就是赖到我房间聊上一晚，除此之外，她好像没有什么其他的活动，也没有什么其他的朋友。

我很喜欢和她聊天，她除了个性爽直以外，还有不少旅游的经验，小小年纪，去过加拿大，去过非洲，有很多新奇的话题。

可是，我有时候也会感到不耐烦。我学校里有一大堆的作业，我的家信好久没写了；而且，有时候大卫从鲁汶给我打电话来以后，我常常想一个人孤独地过上一晚，在烛光里回味他刚才话语里的关切与挚爱。

所以，当有一天晚上她又来敲我的门时，我正准备给爸妈写上一封长信，不想和她出去，她一再地恳求我，我总提不起兴致来。

"可是，我今天实在很需要你，陪我一下罢，陪我走一走罢。"她仍然赖在门口，我实在有点不耐烦了。

"拜托你，让我安静一下好不好！"

于是，我又看到那个寂寞的微笑了，有点勉强，有点无奈，她耸耸肩转身走了。注视着她高大落寞的背影，我有点歉疚，但是心里也有点愤恨：她破坏了我今晚的快乐与安宁。

此后，有好几天，我都没看到玛丽安。餐厅、走廊、后园都没她的影子。我有点不安了,抓住珍纳问她,有没有在学校看到玛丽安,因为她也上秘书学校。

"她这几天请假,没上课。"

"为什么?"

"她妈妈从法国来看她了,她们母女住旅馆去了。"

那么,那天她应该已知道妈妈要来的消息了,她应该高兴才对啊,怎么有那样烦躁的反应?好像有什么负担在身上的那种样子呢?

五天后的一个傍晚,玛丽安把她的母亲带回宿舍来了,好美丽端庄的一位母亲啊!同样是金发,却是优雅而带有光泽地梳起来,穿的衣服也很考究,一看就知道是从价钱不是我们想象得出的那种店铺里买出来的。她年龄可能有四十了,但是平日大概很重保养,看起来才不过三十一二的模样。

她很温柔地对她女儿的这些朋友一一打了招呼,然后就和玛丽安对坐着吃了一顿晚餐。我们这些女孩都很识趣地没有过去打扰,我在另外一张桌子上,有时抬起头来看玛丽安,看她那文雅而又客气的母亲。玛丽安在和母亲交谈时的动作似乎有点和平常不大一样,似乎有点做作,她好像在假装自己很爱娇,很快乐,假装自己是和对面的母亲一样优雅,可是她的动作和她蓬乱的头发、高大的身材、傲慢的面容配起来,又显得很不调和。那天晚上,我几次端详着我的朋友,心里竟不自觉地为她感到悲伤。

把母亲送走以后,玛丽安晚上又来敲我的门了,这一次,我以全心的诚意为她打开了门。我愿意陪伴她,我也愿意安慰她。

她一定从我的眼睛和面容上看出我的心意了，头一低，她竟然就站在我的门口流起泪来，我马上把她拉进房里，把门关上，让她坐到沙发上去。然后假装忙碌地去小柜子里给她找东西吃，刚好有台湾寄来的牛肉干，她一向很爱吃的。

"喏，吃罢，我爸妈寄来的。"

话出口，我就知道我说错了。就在停顿下来的那一刹那，玛丽安反而把头仰了起来，向我微笑地摇摇头，表示她并不在意。泪水还在她的颊上，灯光下她的轮廓显得温柔多了，湛蓝的眼睛看起来好美好美。我的朋友在我面前显示了她的真正年龄，她的痛苦的十九岁半。

"没关系，我反正已经习惯这种日子了。"

父母在十几二十岁的时候结的婚，然后又在十几二十岁的时候离了婚。战后的欧洲有好多这种年轻而又冲动的怨偶，甜蜜的青春爱情不过是禁不起考验的一场噩梦，于是，在醒过来之后便很快地分开了。这本来是男女双方都很情愿的事，只是有一个人对这分离不能心甘情愿，那就是在这一次婚姻中生下的这个孩子：玛丽安。

玛丽安的父母离婚以后，都飘荡了几年之后再各自嫁娶，玛丽安一直跟着爸爸和继母还有两个小弟弟住在比国的乡下。母亲到法国后嫁了一个很有钱的丈夫，又生了两个女儿。

"有时候，我告诉自己，我还不错，我比那些无依无靠的孤儿强多了。父母健在，每到我的生日都会有礼物寄来，我还有两个很爱我的顽皮的弟弟，很漂亮的两个从没见过面的妹妹，每年都会在圣诞和新年时给我寄卡片来，我应该比什么都没有的孤儿强多了。可是，你知道吗？他们可能还会有甜蜜的梦，梦里有虽然失去了但曾经爱过他也彼此相爱的双亲，梦里有美丽的回忆。而我呢？我的梦里没有一个我可以回去的家。

"我老是梦到我站在两个很漂亮的家的前面，可是门是紧紧地关着的。我站在寒风里看他们在屋里又笑又唱，我想敲门，却怎么也举不起手来。想叫，却怎么也发不出声音来。他们的世界那样温暖快乐，而我却进不去。

"你知道我多羡慕你吗？你虽然远离父母，在陌生的地方读书，可是你的父母好像就紧跟在你的身旁。他们的相片，他们的信，他们的礼物都不断地在告诉你他们的爱和他们的等待。可是我呢？我母亲的出现不过是在提醒我她已不再能做我的母亲了。虽然她常给我写信，给我礼物，偶尔两三年来看我一次，和我共度几天假期，可是除此之外，什么都没有了。我是不能去看她的，我知道她的先生并不会欢迎我，她的女儿也不会欢迎我，而且，我更知道，事实上，我的母亲也并不欢迎我。"

玛丽安已不再流泪了，她只是平淡地向我叙述着，好像在说着别人的事情一样。

"不过，你爸爸一家人还待你不错嘛。"我试着说些话安慰她。

"是的，我知道父亲是很爱我的，继母也不是个坏女人。但是爸爸在她面前总很小心地不提曾经送给我的什么东西，给我生活费时也总挑她不在眼前时拿给我。有时候有刚认识的朋友到我们家来，很奇怪我为什么会和弟弟差上十岁时，父亲在继母身旁解释时的勉强面容，我总不想去看。"

这就是她为什么才十几岁就离开家到处乱闯的原因罢，这就是她为什么在人群里总会仰着傲慢冷漠的面孔的原因罢。夜已很深了，熄了灯，我已没有什么话可以安慰我的朋友了。我只有点起蜡烛来，和她一起倚在窗前，共度一个无眠的夜。

三个多月后，玛丽安从秘书学校毕业了。

毕业那天，我和大卫请她和珍纳去中国饭店吃了一顿饭，她高兴极了，一直嚷着说等她哪天找到事后也要回请我们一顿。

不过，她的事情大概找得不太顺利，拖了好久，天天跑出跑进也得不到什么结果。我们这些宿舍里的女孩子，每天在晚餐时都要有人为她打气。

有一天早上，她在走廊上碰到我，要我通知大卫，星期六晚上她要请我们吃饭。

"唉呀！那你是找到事了，太棒了！"我叫了起来。

"不是，不是，事情还没找到。刚才爸爸来信，要我请你们回家吃饭，还有珍纳也一起去。"

她很高兴地和我说完就走了，大概又赶着去参加什么面试罢。我看她这样高兴，也跟着感染了她的快乐，于是一面唱着歌一面跑到楼下门房去打电话给大卫。

星期六，我们依约去了她家，四个人一起到车站去坐火车，到了孟斯城后又换乘了公共汽车，坐了差不多十分钟才来到一个小镇。她父亲是镇上的药剂师，在大街上开了一间药房，一家人另外住在镇边的一栋小小的白色楼房里。我们到时，一家四口都已经在门前的花架下等着我们了。两个八九岁的男孩像一阵风似地向我们快步跑过来，一面摇手，一面大声地叫：

"玛丽安，玛丽安。"

两个小男孩都长得很像父亲，有着长长的脸孔，和一双很传神的棕色眼睛。顽皮地挤眉弄眼向我们打招呼，然后一边一个牵着玛丽安的手走回家去。

他的父亲长得很高大，比较起来，继母就矮小多了，棕发白胖的脸上戴着一副深色细边的近视眼镜，很平凡的一个家庭主妇的样子。我向他们走过去时，心中暗地里拿她和玛丽安美丽的金发母亲比较，不知道玛丽安的父亲是不是故意选择了一个面貌平庸的女人？是因为美丽的面孔带给他痛苦的回忆吗？他有时候会不会后悔？

一进门，她的小弟弟马上就跑到客厅的中间，站在一块浅蓝色的地毯前面，然后转身面对我们：

"不可以踩地毯，刚扫干净的。"

我们都笑了，她的继母尤其笑得厉害，她的父亲也搂着玛丽安大声地笑着，不是很甜美的一家吗？

他们并不是收入很多的家庭，家里的摆设很普通，却到处都有一种温馨柔美的气氛，看得出女主人的匠心。一道一道上来的菜更是色、香、味俱佳，我们吃得高兴极了！

玛丽安的继母很得意，很兴奋，我们这几个客人也是有心人，诚心地想讨好她，桌上的气氛因而非常融洽。

饭后又是甜点，又是冰淇淋，又是酒，又是醒酒的咖啡，终于，该告辞了。

玛丽安的父母热烈地和我们握手，欢迎我们再来，两个小弟弟早已忘记了看守地毯的责任，和我们玩得依依不舍。我们正要和玛丽安握手告别时，她却说要和我们一起走。

"可是，明天是星期天啊！你可以住到星期一才回去罢？"我自作聪明地替她安排，实在是，这样温暖的一个家，令我也不想离开。

"不，我明天还有事，一起走罢！"

明天会有什么事？我亲爱的朋友，大卫环抱着我的手忽然紧了一下，我警觉地停住了。怎么回事？气氛好像在一刹那之间僵住了，然后又恢复过来，就好像七彩缤纷的影片在中途忽然停了一两秒钟电一样，景色呆滞了一会儿，然后大家又都重新开始动作，重新开始演出。

玛丽安的爸爸说要送我们到车站去，弟弟们也嚷着要去，被父母温柔地劝住了：

"乖，该上床了，外面好冷，不能出去。"

可是，他们为什么不也以同样温柔的语气来劝阻玛丽安呢？外面的风真的很大，好冷的天，我们不约而同地把领子竖起来，弯着腰低着头向车站走去。

五个人来到车站，巴士还没来，冷冷的石板路上反映着冷冷的月光。玛丽安的父亲一直用手臂环绕着她，父女俩坐在候车的长凳上听着风声，看着月色，静静地不说一句话。

车子终于来了，她的父亲和我们一一握手作别，最后，他面向着玛丽安，在她两颊深深地吻了两下，然后我听见他低声地向玛丽安说：

"生日快乐，我的宝贝。"

可不是吗！今天是玛丽安的生日，廿岁的生日。怪不得有这样一次邀宴，怪不得有这样一次聚会，我怎么早没想到？玛丽安为什么不告诉我？他们刚才为什么没有宣布呢？

车子发动了，玛丽安匆匆跳上车来，笑着转身和她父亲挥手道别，车窗外她父亲高大的影子很快地消失了。我抓紧扶手，正想走过去向她说一声生日快乐，可是，车子摇晃得很厉害，路灯照进来，我看见我朋友正在无声地哭泣，泪珠纷纷地坠落下来，我就噤声退后了。

玛丽安的廿岁生日就这样过去了。隔了不久，她找到了工作，到沙勒尔瓦城一家旅行社去做女秘书，于是就搬出了宿舍，离开了我们。我们之间还时常通讯，听她说她工作得很起劲，也开始交了不少朋友，慢慢地信不多了，但是新年、圣诞总会寄来一两封。

而每年，在她生日的那天，我都会寄一张卡片给她，向她道贺，向她说出我在那天晚上没能说出的话：

"玛丽安，祝你生日快乐。"

一九七七年二月

海伦的婚礼

海伦是我们这间女生宿舍负责人安丝玉小姐的远亲,父母都已亡故,和妹妹住在一起,那个夏天,她病了,从医院出来后就搬到老姑母办的宿舍来养病。

我还没见到她以前就为了她的缘故怄了一肚子气。

在学校上了一天课,吃完晚饭后安妮来找我打乒乓,安妮是刚果来的学生,很爱动爱闹,和她一起玩实在很有趣。大概那天晚上我们在乒乓球室叫得声音太大了一点,门房马格达就紧张兮兮地探头进来喝止我们:

"别吵,别吵,海伦小姐需要安静。"

"可是安妮小姐需要运动啊。"安妮一面接球,一面回了她一句,球没接到,她又尖声地叫起来。

"叫你们别吵你们不听,等一下安丝玉小姐来骂你们就好了。"马格达

一脸傲慢的怒气,乱蓬蓬的金发在灯光下不住地晃着,我突然有了一股没来由的烦躁:

"什么意思?我们是付钱来住宿舍的,不是付钱来听你们教训的。"

我把拍子一丢,对着她叫了起来,马格达很诧异地看了我一眼然后讪讪地转身走了。我也不知道为什么会发那么大的火,我一向是安静而有礼的,大概那天晚上,安妮是黑人,我是黄人,而马格达刚好是白人罢。是我自己敏感?还是整个情势真的是有一点由种族偏见的远因所造成的呢?

过了几天,我在后园见到海伦了。

在凋落的玫瑰树下,她苍白的脸就着深秋萧索的阳光,斜靠在一张老旧的躺椅上,盖着厚厚的毛毯,闭着眼在做日光浴。

我走过她身边时,手上的书不小心掉在草地上了,大概惊动了她,她睁开眼睛注视着我,我连忙向她道歉:

"对不起,我吵了你了。"

"没有关系。"她微微地向我摇头,并且露出了笑容。

虽然带着病后的憔悴,她仍然可以算是个美丽的女孩子。烫得有点老气的金发柔顺地梳在耳后,方形的脸庞,清秀的眉目,淡淡的微笑,很温柔地衬着有花边的圆领子。

"你是海伦罢?"我轻声地问她。

"是的。"

"我叫阿蓉。"

"我知道,你是安丝玉姑母最喜欢的中国娃娃。"

假如宿舍里任何人对我说了这句话，我都会觉得讨厌和不自在，可是从这样一个温柔的女孩子嘴里说出来，却自然可亲极了。

"你觉得好一点了吗？"

"好多了，谢谢你。"

其实我也不知道她生的是什么病，可是，我由衷地问候她，我不敢和她多说话，她看起来是那样的疲倦无力，那样的脆弱。所以，我和她笑了一笑后，就走到另一个角落去啃我的书了。

以后，我就常常注意起她来。回到宿舍后，就想去问问她的情况，门房马格达是我们忠实报告员，总会向我们报告：

"海伦小姐今天好多了。"

"海伦小姐可以慢慢散步了。"

随着时间的逝去，海伦逐渐地好转起来，偶尔，她会到饭厅来和我们一起吃晚饭。她的妹妹露西，是个褐发粗壮的姑娘，大概正在什么职业学校读书，也常会在晚餐时跑来找她的姊姊和老姑母。

海伦很爱她的妹妹，常常在讲话时对她眯着眼睛微笑，或者从桌对面伸过手来抚摸她妹妹的手，而露西在那时就会红着脸、耸耸肩来回答她姊姊的爱抚。两姊妹的年龄大概差了五六岁，可是姊姊好像长妹妹很多的样子，说话与微笑时的神情竟像个小母亲般的模样。

姊妹俩相依为命时，姊姊一定曾经代替过母亲的职务罢。

严寒的冬天过去了，先是黄水仙，然后是粉红的樱花，然后是嫩绿的树梢，然后是含羞的早开的郁金香，布鲁塞尔在春花缤纷里复苏。宿舍里的女孩子也活泼起来，而最令人高兴的，是海伦可以外出了。

不过，她不是单独地出去的，总有一个高高瘦瘦的男孩子和她在一起。我好几次想看他，却老是看不清楚他的脸，因为他每次总是俯身就着娇小的海伦，小心翼翼地护卫着她。海伦依在他的怀里就好像一朵小百合花一样，苍白、美丽、脆弱。

我和安妮又恢复打乒乓球了，马格达也不再来找我们的麻烦。可是有一件事在困惑着我。

安丝玉小姐好像老了很多。

我常常看见她一个人对着窗户坐着，银白的头久久不曾移动，她好像越来越沉默，独处的时候也越来越多。只有在晚餐桌前，女孩子们都回来了的时候，她才会又恢复她从前那种精神百倍、谈笑风生的样子。

有一天早上，我正在收拾我的餐具，准备离开，马格达很兴奋地跑进餐厅来，笑着对我们说：

"告诉你们一个好消息，他们要结婚了！"

"谁呀？"

"哪个他们呀？"女孩子们怔住了。

"就是海伦小姐和她的男朋友呀。"马格达笑得那么快乐。

真是好消息！大家都抢着对随后走进来的安丝玉小姐道贺。谁知道一向和蔼可亲的老小姐对我们的热情却没有什么反应，勉强地点点头就走到她自己惯用的桌前，然后看也不看我们就开始打开她的餐巾，拿起面包，准备吃早餐了。马格达赶快过去为她倒咖啡。

我们这几个道贺的女孩子就钉在原处,站也不是,坐也不是,只好仍然定定地对着老小姐看着,屋子里静极了,没有一点声音。

然后,安丝玉小姐手上的刀子就掉在地上了,铿然一声,同时,我们都看见了,那银发的头缓缓低下,深深地埋在多皱而颤抖的一双手掌里,安丝玉小姐哭了。

马格达过来对我们使眼色,我们才醒过来,慢慢地退出餐厅,她随后就跟过来了,小声地对我们几个说:

"等一会儿我再向你们解释。"

要解释的是一个悲哀的故事,海伦虽然日有起色,但是她的心脏却不能支持多久了,医生说她可能过不了春天,她自己不知道,她妹妹不知道,只有安丝玉小姐知道。

她在发病以前就有了这个很要好的男朋友,生病时以及病后这个男孩子对她更为热爱,前几天,海伦快乐地告诉老姑母,男孩子向她求婚了。

安丝玉小姐觉得自己有责任把事情的真相单独地告诉男孩子,要他回去好好地考虑一下。如果他们俩结婚,将只是一场易碎的春梦。海伦的身体根本不能做新娘,任何一点激动的情绪或过分的劳累都会影响她的生命,海伦这一生不能变成少妇,更不能变成母亲。也许男孩子可以仍然在表面上维持求婚的原意,只要过了春天,也就不会有什么婚礼了。

男孩子考虑了,他的家人也考虑了,今天一早,趁着海伦还没起床以前,他们一家三口,父母和儿子,慎重地来拜访安丝玉小姐。慎重地再向她提出求婚的要求,他们都愿意接受海伦,也愿意接受这个命运,并且,他们希望婚礼能越早举行越好。

婚礼就定在半个月以后，正是郁金香开得最疯狂的五月。海伦开始忙起来了，他们在宿舍附近租了一层公寓，今天去买一张桌子，明天去挂一面窗帘，我每天上下学，总会碰到他们一两次。有时候是男孩手上拿着一个灯罩，有时候是海伦捧着一口袋小钉子，海伦见到我时总是微微地笑着，清秀的脸庞有着掩饰不住的快乐与兴奋，她正在和她的爱人细心地布置着他们的新家，他们的温暖的爱之巢。

结婚礼服是由宿舍里几个女孩子自告奋勇替她裁制的——因为传说朋友手做的礼服会给新娘带来幸运。

每天晚饭后，她们就聚集在缝纫室里，摩妮克负责剪样子，爱丽丝负责缝边，法兰西丝负责头纱上的装饰，连安妮也插上一手，负责替法兰西丝穿珠子。她们轻声交换着谈话，低头紧赶着手上的活儿，看着这几个平凡的面孔，竟然在灯下出现了一种不平凡的美来。

婚礼的日子越来越近了，海伦显得很疲倦，我们见了她，都会劝她多休息，好好准备迎接那一天。可是，心里却不约而同地起了隐忧，有一天晚上，当我又去参观快完工了的新娘礼服时，马格达替我们说出来了：

"海伦小姐可别支持不到那一天啊……"

拿针的女孩子手都停住了，互相对看了一眼，然后又开始缝制下去，安妮抬起头来瞪着马格达：

"马格达，你怎么老是那么讨厌？"

讨厌的不是马格达，讨厌的是那埋伏在前面的命运。海伦，可千万要支持得住啊!

佳期终于到了。那天早上我并没有课,安妮跑来敲我的门,叫我下楼去看新娘子。海伦已经打扮好了,到九点差几分时,安丝玉小姐就要挽着她走出宿舍,走下斜街,到坡下广场的教堂去望九点的婚礼弥撒,把她嫁出去。

"快来看嘛,新娘好漂亮啊!"安妮在擂门了。

可是,我怔怔地站在那里,就是开不了那扇门,不知道为什么,我就是不敢去看那美丽的新娘。我怕的是什么呢?是怕那美因为它的不能持久而变得凄艳?还是怕终会失去的如果看见了,以后在回想起来时会更加的悲哀与惋惜?到今天我还不能解释。但是,我想,在我站在紧闭的门后时,我是自私的。为了不让自己受伤,我没有去参加海伦的婚礼,我甚至没有去向她道一声贺。

安妮和马格达她们回来以后,一直抱怨我,同时一直兴奋地向我追述婚礼的种种。她们说新娘有多美,有多坚强,那样长久的婚礼弥撒她都安详微笑地支持住了,说不定医生错了,也许她能一直支持下去,病好了也说不定。

是啊!世间并不是没有奇迹的,强烈的求生意志往往会战胜一切。不是吗?事情好像是照这样开始了。

每天,都会有快乐的消息从马格达那里传出来,她大概天天都跑去看他们:

"新郎对新娘体贴极了,什么都不要她操劳。"

"海伦又买了一张新茶几。"

"海伦说也许过几年他们可以有小孩也说不一定。"

"海伦说新郎要带她去露德朝圣。"

去祈求奇迹罢！两人既然这样相爱，生命既然这样甜美，为什么不带着新娘去祈求上帝的恩宠呢？

郁金香开始少了，贵了。有一天早上，我穿过马路去上课，当我搭上公共汽车时，我从车窗里看见露西正匆匆地在对面下了车，向宿舍的方向跑过去，我想，她大概是去看她姊姊去了。

她在学校里接到电话，有人告诉她姊姊病了，叫她赶快来，她急急地赶了来，姊姊早已走了。

海伦走了，在新婚第十天的早上，安静而满足地倒在年轻丈夫的臂弯里走了。马格达在我一放学回来时就哭了。她大概哭了很多次，也说了很多次，声音都喑哑了：

"是在早餐的时候，她只是要站起来为她的丈夫再倒一杯茶，她站起来，拿到了茶杯，然后就倒下去了。"

"没有一句话，没有一点预兆，她丈夫抱住她时，她已经停住呼吸了。"

十天的婚姻，十天的新娘，海伦能得到的就只有这么多了。

站在晚春的窗前，有花香袭人，有柔风扑面，有少女的嬉戏声不知道从哪一家的院子里传过来。那个我没有参加她婚礼的美丽温柔的新娘到哪里去了？那个我到现在还不知道名字的年轻的新郎此刻在做什么？他们一桌一椅布置起来的新家今夜还会有人在吗？女孩子们一针一线缝出来的嫁衣还放在那新买的柜子里吗？新娘手捧的花束，假如像她们所说的那样泡在浅水的银盘里，白色的小花到此刻也许还不曾完全枯萎，还会有淡香罢？

我就站在窗前，没有敢回过头去。

一九七七年八月二十四日

莲座上的佛

风声是很早就放出去了,因为,我很爱看朋友们那种羡慕得不得了的样子:

"真的要去尼泊尔啊?"

朋友的眼睛好像在刹那间都亮了起来,于是,我就可以又得意又谦逊地回答他们:"是啊!不过不知道手续办的怎么样?假如办成的话,我们还要去印度,去喀什米尔哩!"

是一种什么样的心情!当年去欧洲读书的时候,好像还都没这么兴奋。向别人说起那些遥远的地方的名字时,真有种陶陶然、熏熏然的感觉。

我一直想去那种地方,遥远、神秘和全然的陌生。不管是金碧辉煌的古老,或者是荒芜脏乱的现代,一切都只是在一种道听途说的传言里存在，和我没有丝毫痛痒相关，我可以用欣赏童话的那种心情去欣赏那块土地，不必艳羡，不必比较，也不必心伤。

而飞机飞到加德满都盆地上空时，也真给了我一种只有童话里才能有的那种国度的感觉。从特别白、特别厚的云层掩映下，一点点地向我们逐渐展露出来的丰饶的绿色高原，有那样干净美丽的颜色，房屋、树木、山峦都长得恰像我梦里曾经臆测过的模样。又好像一张年代稍有点久远，可是笔触仍然如新的透明水彩画。

在那个时候，我并没想到，有一件事情正在等待着我。在事情发生之前，我是一点也没能料到的。

到了加德满都，住进了"香格里拉"旅馆，稍事休息，喝了旅馆特别为我们准备的迎宾酒后，我们就开始参观活动了。第一站就是城郊东方的山上那座"四眼神庙"，那是世界上最大也是最古老的一座佛塔。同行的尼泊尔导游很热心地为我们讲解：塔是实心的，底下的圆座代表宇宙，而上面四方座上画的四面佛眼代表佛在观看注视着众生，然后，然后……他的英文带有很重的土腔，听起来很费力，于是，我们就一个两个地慢慢溜开了。要溜要赶快，否则，只剩下你一个人时，就很不好意思而必须硬着头皮听下去了。

我溜到佛塔旁边一个卖手工艺品的小店里，霎时间目迷五色，把外面的佛塔、寺庙全都忘了。小小的店里，摆满了精致美丽的东西：镶着银丝套子的弯刀，缀满了彩色石头的胸饰，还有细笔画在画布上的佛画，还有拿起来叮当作响的喇嘛教的法器，我简直迫不及待地想问：

"怎么卖？多少钱？"

不过，同行的爱亚比我早，已经拿起一个银镯子来问价钱了。她要店主翻译那镯子上刻着的文字是什么意思。看他们两个说得正热闹，我只好在旁边先挑一些东西出来，等他们说完话。

可是，他们两个大概碰到难题了，僵在那里半天，爱亚过来叫我，要我给她翻译一下，因为有一句话她怎么也听不懂。

面孔黝黑的尼泊尔店主指着手上拿着的那个银镯子说：

"这是一句经文，我念给你听，它的意思是说：莲座上的佛。"

他念出了那句经文：

"哄玛呢巴地玛哄。"（唵嘛呢叭咪吽）

然后，我整个人就呆住了。

爱亚在旁边等着我的翻译，店主也在旁边等着我翻译，店里还有几个同行的朋友也在看着我，可是，我就是说不出话来。

我无法说话，因为我心里在霎时之间忽然觉得很空，又忽然觉得很满。

那样熟悉的一个句子，却在那样陌生的地方，从那样陌生的一个人的嘴里说出，怎么可能？怎么可能！多少年了！

多少年以前的事了？外婆还在的时候，在我还很小的时候，我就常常听到外婆念这句经文。常常是傍晚，有时候是早上，外婆跪在干干净净的床上，一遍又一遍地俯拜、叩首。长长的蒙古话的经文我听不懂，可是，这一句反复地出现，却被我记住了。

而当时的我，甚至，过了这么多年的我，并不知道我已经把它记住了。在这一刹那之前，我是一点也不知道，我已经把这句经文记住了。

外婆只有我母亲一个女儿，我们这几个孩子是她心中仅有的珍宝。不管我们平常怎么淘气、怎么不听话、怎么伤她的心，在她每天晨昏必有的日课里，在她每次向佛祖祈求的时候，一定仍是一遍遍地在为我们祷告，为我们祈福的罢。

隔了这么多年，我仍然能清晰地记起外婆在床上跪拜，我在门外对着她看时的那些个安静而遥远的清晨或傍晚。我还能记得从院子里飘进来的桂花的香气，巷子里走过的三轮车的铃声，还有那个年轻的我，有点惭愧又有点感激的我，装着毫不在意似地倚在门边，心里却深深地知道，知道外婆永远会原谅我、永远会爱我的。

一定是这样的罢。所以，隔了这么多年，要我走了这么多路，就只是为了在这里，在这个时候，再向我证实一次她对我的爱罢。一定是这样的罢！

我竭力想把这些思绪暂时放下，竭力想恢复正常，好来应付眼前的局面。可是，我的声音还是出不来，然后，眼泪就成串地掉了下来。

人生遇合的奇妙远超过我所能想象的。在那一刹那，胸臆之间充塞着的，似乎不单只是一种孺慕之情而已，似乎还有一些委屈，一些悲凉的沧桑也随着热泪夺眶而出。

事情就是这样了。在一两分钟后，我终于能够哽咽地把这句经文译了出来，也终于能用几句简单的话把我的失态向爱亚解释了一下。爱亚真正是能体贴我心的好友,她一直安静、忍耐地等在旁边,当时并没有急着要来安慰我,事后也没有再提过一句,却能让我感受到她的了解与关怀。

从那一刻以后,加德满都盆地的美丽风光对我就变得不再只是神秘遥远的香格里拉而已了。从那一刻以后,有些庄严而又亲切的东西将我系绊住了,我与那一块仙境似的土地之间竟然有了关连。

莲座上的佛啊!这一切,想必是你早已知道,并且早已安排好的罢?

一九八〇年十月

卖石头的少年

来这里之前，就有朋友警告过我们，加德满都的乞丐和小贩都很会缠人，比起印度的虽然逊色，但对我们这些从台湾去的观光客来说，已经很够我们吃不消的了。

他们一点也没说错，阵势果然惊人。不管到哪一个风景区，乞丐和小贩都是一拥而上，要从他们之中脱身实在不容易。眼前美丽的风景根本没有办法看，开始的时候还可以边战边走，到最后受不了的时候真的只有拔足狂奔的分儿了。所以每一次出去，都是乘兴而去，败兴而返。除了有几个比较遥远的郊区是例外，差不多的观光区都是这样，让人心里觉得很闷、很不舒服。

其实，尼泊尔除了因为山区交通不便以外，一般民众的生活并不十分困苦。我们在街上可以看到各种各样阶级的人，他们并不注意我们这些观光客，自在而安适地走过我们身旁。他们其实是在一个自给自足的国家里，所缺的也不过是些机械文明的产品，和因这些缺少而引起的一种向往和欲求罢了。假如我们不去，他们恐怕连这种欲求也不会有的罢。

假如我并没有机会能自由地在他们的街头闲逛，假如我只是一个只在某些特定的风景区里浏览了一下就走了的观光客，那么，尼泊尔和尼泊尔人给我的印象可真是很糟糕的了。

那个少年就是在那种时刻里出现的，所以，一开始时，我根本不要理他。那天早上，是星期二，是印度教的圣日，在山上有一个祭典，用活羊、活牛来做"牺牲"，在祭典中献给神祇。我们一早就坐车上山，为了要观看一种在别的宗教中已渐渐消失的祭典。

从停车的地方到祭祀的庙宇有一长段路，一下车，小贩就围上来了。这已经是到加德满都的第二天了，同样的经验已发生过很多次，所以，同行的导游和朋友都互相告诫：

"千万别停下来买东西，赶快走。"

在我埋头疾走的时候，那个少年一直跟在我身旁，手里拿着两块红色的小圆石头要卖给我，一路上，从四十卢比（Rupee，一卢比相当于新台币三元）已经降到二十卢比一个了。他个子不大，瘦瘦长长的，一脸羞怯的笑容，声音也比旁人来得尖细，还带着点童音。

也许就是那童音触动了我，我有点不好意思地抬头向他笑了一下，摇摇头说我现在不能买：

"也许等一下回来再跟你买罢。"

我是想这样把他打发走的，可是，他有点失望地对我说：

"不行啊，等一下我就要去上学了。"

是真的吗？眼前的这个孩子竟然是个半工半读的可爱少年吗？

他大概看出我的惊讶与猜疑了，从上衣口袋里掏出个小夹子，把里面的学生证拿给我看。他告诉我他上几年级，现在我已经忘了，但是我还记得他那种迫不及待想让我相信他的那种感觉。

"你今年几岁？"

"十四岁。"

浅色的眸子，深棕色而瘦削的双颊，是亚里安种的血统，脸上有一种很天真顽皮却又很知礼的表情，我开始喜欢起他来了。我想，他的老师一定也喜欢他的。

当然，他手上的石头是以二十卢比的价钱卖给我了，我又帮他向同行的朋友们推销了一些，然后，很高兴地和他摇手说了再见。

在路上，我看他还在人前人后地推销他的红石头，大概想在上学之前多赚一点罢。在一个下坡的斜梯之前，我还帮他照了几张相，他在我的速写本上很整齐地留下他的英文地址，希望我把相片冲洗好了以后寄给他，我也很慎重地答应他了。

然后，有些买了他的石头的朋友跑来向我抱怨了：

"你叫我买他的，可真是上当了。人家别人才卖五个卢比一个哩。"

那时候，我心里还没什么不高兴，我只是觉得很好笑。本来就是嘛，在台湾本乡本土的，我也从来没还对过价，从来没能买到过真正的便宜东西，到了这么人生地不熟的地方来做观光客，当然是应该上当的。抱歉的是把朋友们给连累了,而连累的原因是由于我对这个半工半读的少年的一种偏爱罢。

可是,等到参观完祭典回来,在原来的路上又遇到他时,我的感觉就不对了。已经快十点钟了,他还没去上学,还能面对着我笑,我想,我那时候的脸色一定很难看:

"怎么?你还没去上学?"

他大概也感觉到了,脸红了起来,讪讪地说:

"我马上就去了。"

我也没理他,自顾自地往前走了,心里很悲伤。这样小的孩子就为了生活开始讨好,开始欺骗,实在也由不得他。我本来不应该对他生气的,可是,我也找不到其他的对象来生气,穷困的生活、文明的侵入、物质的诱惑,都只是一些抽象的零乱的对象,没办法把它们抓过来痛骂一阵,我因此也只好用冷酷的面孔来对待眼前的少年了。

走了几步以后,他忽然从后面跑过来,追着告诉我:

"我现在就去上学了,再见。"

我敷衍地回了他一声再见,看着他慢慢地向山路上后退,心里想:何苦呢?要等着我们这一车观光客走了以后再出来做生意,恐怕要耽搁不少时间,损失不少金钱罢?这小小少年,为了自尊,不得不躲藏起来,是我的错。我不该太相信他在前,而又太伤他在后,这件事,实实在在是我的错啊!

上了车以后,心里还在想这件事。刚好有个朋友坐了过来,劈头第一句话就是:

"上当了！二十个卢比买块破石头。"

"是啊！上当了啊。"

我嘴里漫应着她，心里却还想着那个红着脸在后退的少年，此刻正躲在哪里呢？该不是正在哪一处草丛里目送着我们的游览车慢慢地开走罢。我倒希望他再坏一点，不要那样在意我这个笨观光客的脸色，一个只拿出二十个卢比的观光客，有什么资格来伤一个少年的心呢？

车子在山路上慢慢地开着，路旁草木葱茏，好一片仙境般的土地。也有些学生拿着书在前面走着去上学，车子过来的时候，他们嬉笑着闪开。原来也有这样幸福的年轻人，不为生活所愁困、所羞辱的年轻人。

"哎呀！席慕蓉，快看！那不就是你的小朋友吗？"

全车的人都跳了起来，回过头去，从后车窗的大玻璃看出去，在四五个手上都拿着书的、高高大大的男孩子中间，那一个相形之下显得特别瘦小的少年，兴奋地向我们挥着手的少年不就是他吗？

感谢李南华，是她眼尖，一下子就把他认出来了。他手上拿着几本书，跟在我们车后奔跑着，一面咧开着嘴笑，一面拼命向我挥手，脸仍然是红红的。

我的脸一定也红了，手忙脚乱地，又想打开旁边的窗户，又想继续朝车后的他挥手，嘴里还一直嚷着：

"唉呀！是他啊！是他啊！"

要感谢的不只是李南华，我还要感谢那宽厚的命运，给我们安排了这样的一次相会，让我们两个人都没有抱憾，让他能高高兴兴地去上学，让

我能心满意足地离开,上天待我们真厚!

他们的学校就在路旁,车上的朋友在车子经过时都看到了,唯独我没有看到,因为,我仍然恋恋不舍地望着那向我挥手、越来越小越模糊的身影,在心里小声地向我的少年朋友说再见。

那时候,我心里的快乐是说也说不完的了。

一九八一年十月

乡关何处

尼泊尔人是一种不大会排斥别人的友善的民族，无论是在宗教上或者生活上，他们都很有容人的雅量。在加德满都市中心的建筑上，就会让人看得叹为观止。这个海拔一千三百公尺的高原城市，原是加德满都盆地里三个古城中的一个，有很多街道在公元四到八世纪时就已经在那里了。千百年下来，印度教、佛教，还有佛教的一支——喇嘛教，盖了各式各样的寺庙，供奉了各式各样的神佛。再加上他们自己的复杂的人种、复杂的阶级、复杂的衣着，把个加德满都城搞得像古代波斯人的细密画，满满的笔触、满满的变化，让人一时之间眼花缭乱而无所适从。

我们的尼泊尔导游是个很尽责的人，一路上都想把我们这十个人招呼到一起来——为我们解说。可是，凭良心说，美景当前，除非真是有了特别的疑问，谁能耐下性子来听他的尼泊尔英文？总是听着听着眼睛就会溜到旁边去,然后,假装着要照相,趁他不注意的时候,就赶快跑开了。有点像在大学时逃课的那种心情,有两分对教授的抱歉,却被满满八分的重获自由的那种快乐盖过去了。

所以,他一直对我们不太满意,有一次还发了脾气,因为我们提出的问题,正是他刚才在车上用麦克风苦口婆心地向我们讲解了一路的问题。发了一次脾气以后,我们也乖一点了,他说话的时候我们也肯仔细地去听或者去揣摩了。

那天下午,我们要去参观一个难民营时,在车上,他郑重地告诉我们,请我们在参观的时候,绝对不要给难民什么东西,即使是他们向我们要,我们也绝不可以给,请切实遵守这一条规定。他那样郑重地要求我们,我们因而也郑重地答应了。

那时候,并没有想到这个诺言是这样地难以遵守。下得车来,一道象征性的院墙围着几幢破旧的房子。房子像工厂又像仓库,没有什么格局地排列着,好像是在市郊的一个山坡上,和刚才从市中心带来的那种眼花缭乱的印象成一种强烈的对比,整个难民营给人一种狭小、空落而又灰暗的感觉。

天下着毛毛细雨,车子开进院子,导游赶着我们进了左边的一幢房子里,说是让我们看制作地毯的连续过程,这是第一步:刷羊毛。

屋子就像一个普通的瓦顶平房,长方形的水泥地,比我们乡下国民学校的教室大,比礼堂小,两旁有窗户,室内却非常阴暗。二十多个人席地而坐,有男有女,仔细一看,年纪较老的人好像都在刷一团团的羊毛,而在纺机前纺着羊毛线的都是些中年妇人。看我们进来了,有些人吃吃地笑,有些却面无表情,然后,有几个妇人就唱起歌来了,那歌的调子听起来很奇怪,不断地反复,不悲伤也不快乐,听久了只好像有一种无奈的感觉。

我有点手足无措,不知道该怎么办才好。同来的朋友有的已经开始照相了,也有人蹲下去和他们用手势交谈,我站在房子中间,不知道该怎么办才好。

这时候,左边墙下一个老妇人对我微笑,她的脸很慈和,我忽然想我也许可以画她。于是,跟别人借了纸笔,蹲在她前面就画起来了。一面画,一面也拼命向她微笑,尽量向她显示我的友善与同情。一张画不好,又再画一张,在画好的那张上面签了名送给她,她也微笑地接过去了,然后在她的同伴之中传观,我在旁边傻傻地陪着笑。

站起来离开他们的时候,我忽然觉得我自己实在很无聊,做的是些没有意义的事,跑到老妇人面前给她画一张像也就罢了,竟然还签上个名,是什么意思呢?我这样又能给她一些什么安慰和什么帮助?

走出了这个所谓的工厂,紧邻着的是另一幢一样的建筑,只是面积稍微大一点,里面的人稍微多一点,采光与空气的流通并没多大的改善。屋子里放着两长列织地毯的机器,年轻的妇人坐在机前工作,也有些好像夫妻一样的中年人坐在一起。每块没完成的毯前都坐着五六个人,也都在我们进来的时候此唱彼和地唱着歌。靠窗边有小女孩两三个坐在一起合织一块小地毯,看见我们来就很高兴地对我们挥手,其中有一个长得特别美丽,双眼皮的大眼睛,像黑水晶一样发亮的瞳仁,笑起来像一朵玫瑰花一样的娇柔明灿,我不禁对她举起了相机。她知道自己的美丽,也知道我惊叹于她的美丽,于是在镜头前更爱娇地向我笑着。我一连拍了两三张，她身旁的女孩子也把头凑过来。

她看我放下相机后，就向我伸出手来，嘴里小声地向我要钱。因为有导游的嘱咐在前，我微笑地向她摇摇头，心里想着告诉她：不行啊！孩子，不能随便向人要钱啊。

然后她就用手势比给我看，向我要东西，我看了半天才懂得，她是在向我要口红。我仍然微笑地回绝了她，心里觉得有点不对了，不敢再和她的眼光接触，赶快走开，到另一边去参观。

而在另外的那个角落里，有个男人在冷冷地盯着我看，他的脸上并没有什么表情，我没办法知道他刚才是不是一直在观察我们，可是我已经有点心慌了。他也织地毯，大概是休息，所以点着一支烟对我望过来，好像望进了我的心里。知道我因为有导游的嘱咐做后盾，理直气壮地拒绝了小女孩那样小小的要求，而其实，她有权利那样要求的，我们利用了她的不自由给她照了相，也利用了她的不自由而不给她任何的报偿。

我不自禁地回过头再向窗边的那个女孩望了一眼，她也正瞪着我，脸上因为生气几乎显示出一种恶毒的表情。我赶快把眼睛转开，很想走过去对那个小女孩解释：我很抱歉，我是不得已的，请不要怨恨我。请千万不要让你美丽的面孔改变了模样，请千万不要。

当然，我是没办法解释的，我唯一的办法就是赶快走出那间房子，赶快把这些都忘记。我们的导游正站在院子门口，我走过去问他，这些难民工作有没有酬劳？

他说：

"有啊！他们每天工作八小时，有酬劳，并且每周有一天假期。"

那他们有没有离开的自由呢？

"有啊！他们不高兴就可以离开。不过有的人回去只是探望亲友，隔不了多久就还是要回来，因为在那里的生活实在不及这边自由。也有人下山到加德满都城去，可是也不过找些工人或者侍者的工作，待不惯，又会跑回来。"

那么，除了在这一个破落的院子里待下去以外，世间竟然没有一条更好的路可以给他们走了吗？乡关何处？能回去的故里却窒闷得活不下去，能活下去的地方却又窒闷得无法发展。假如已经这样过了二三十年，那么，难道不会又同样地再过二三十年吗？老人死去，中年人变老，而窗前那些年轻美丽的小女孩的将来，在织了多少块地毯以后，将不过只是再到另一间屋子里去纺羊毛、刷羊毛吗？在越来越多的观光客来参观时，再彼此无奈地唱着一些同调的歌吗？

又开始下雨了，细细绵绵地淋到身上，我觉得好冷。我没办法想象他们的心情。在加德满都的街上，他们大概是很早就出来了；能在这里安身落户，也要好多代好多代的时间罢。而在我身后的这一群，又要用多少时间才能得到安居乐业的自由与希望呢？

想到他们，我不禁对我们原来很引以为傲的富足，感到惭愧和不安了。

一九八一年十月

达尔湖的晨夕

1

小船已经停在码头旁边了,船夫在等着我们下船,可是,五个人里,却没有一个肯移动,没有一个肯出声。这样的夜晚,是不是一定要就此结束呢?难道,不能再来一次吗?

总希望
二十岁的那个月夜
能再回来
再重新活那么一次
……

——《千年的愿望》

年轻的时候，因为羞怯，因为很多奇怪的顾虑，有些话始终没能说出来，有些要求也始终没敢提出来，白白地错过了那么多个美丽的夜晚。

而在这么多年以后，如果也让这个夜晚就此结束的话，我们就再也没有什么借口可以原谅自己了。

"请你，请你再划出去，再让我们游一次湖罢。"

已经十一点多了，再划出去，再去湖上游一圈的话，回来时一定会过了午夜的。可是，大家都很高兴终于有人能把五个人心里共同的愿望说了出来，可不是吗？让我们再来一次罢。

所以，小船在满天的星光里再出发，那天晚上，没有月亮，星群在漆黑的天空中显得特别大特别明亮。

"该不是我们离天空比较近？"

有谁在小声地发问。也许是罢，在感觉上，印度北部的喀什米尔高原，应该是离天空比较近。

湖畔的灯光一盏一盏地灭了，人声早已沉寂，只有我们五个人低低的歌声在湖面上回旋。湖水如一片光滑而有着柔细波纹的黑色丝缎，在我们舷旁一波又一波地闪动着。风很凉，夜正长。

那天晚上，我们终于如愿以偿，让美丽的夜晚重复出现了两次。

2

对达尔湖（DAL LAKE），我原来并没有什么印象，也许书上读过，也许在什么报纸上看过。但是,在看到它之前,我从来没想到,一个湖泊,竟然能有那样多的面貌。

在喀什米尔首府斯利那卡的境内,达尔湖似乎是一个主角。当我们从飞机场坐着汽车直奔到它身边时,正是个十分热闹的午前时刻。码头旁聚满了张着棚子的小船,船夫等着把我们这些观光客摇到湖中心停泊着的大船上去。这种小船的名字叫"西卡拉"(SHIKARA),有些船夫自称是"水上计程车",在达尔湖上穿梭地来往。船身很宽,很长,旅客可以坐卧在像皇宫一样的软垫子上面,同时可以载五六个人以上。不过,我总觉得他们把原来很朴实的木船装饰得过分的琐碎和华丽,就显得有点可笑和不真实了。

等我登上了要在其中住两个晚上的大船以后,这种可笑和不真实的感觉就更加强烈了。

大船是一排排停在水上的旅馆,叫"船屋"(HOUSEBOAT),我们几个人一直想算出每条船大概有几坪大,不过,一直也没算出来。只觉得,从进门的"玄关"开始,经过一个大客厅,再一个饭厅,中间有个小厨房,然后一条狭长的走廊旁有三间附有浴室的卧室,再走到一间特别大的主卧室里,才算是把整条船走完,还不算在主卧室后面的浴室。每间房面积都不小,里面都有两张床,有梳妆台,有沙发椅、小柜子、大衣柜等等的摆设;地上铺满地毯,墙上雕满了花,整条船就好像用各种不同花纹的木头细细地拼在一起似的,有的墙甚至是镂空了的屏风一样,一层层的,要多复杂就有多复杂。

只觉得大家都很费心,好像船主希望所有的客人都能在他的船上得到最殷勤的服务似的，于是，把世界上能够找到的工匠都找来了，能够刻出的花样都刻出来了。

可是，那样复杂的雕花，实在没有什么必要。我想，我也许有成见，从来没喜欢过波斯和印度的细密画，因此而无法喜欢这样一种琐碎的华丽罢。

幸好，幸好还有那美丽的达尔湖在船外，那个安静又朴素的达尔湖就在船外等待着我。

3

船上有两个侍者，其中之一专管我们的膳食，食物从大厨房里端过来，在我们船上的小厨房里加热、保温，到时候，他就穿上白色的制服给我们端到餐桌上来。另外一个人是跟着跑的下手，也是我们的专用小船的船夫。两个人都是伊斯兰教徒，脸上的轮廓都很深。

带我们来的中国导游告诉我们，所有的东西都可以放在船上，不用怕丢掉，因为喀什米尔的伊斯兰教徒很自豪于他们的节操，不会有任何偷窃的行为。

果然是如此，他们除了把船上擦拭得一尘不染以外，他们的内心也是一尘不染的。当然，他们平时常向旅客推销土产、手工艺品，也很会漫天开价，可是，那是求生必须要走的途径，任谁都是一样的。

那个船夫没什么东西向我们推销，就不断地鼓动我们坐他的船去游湖，告诉我们一些奇奇怪怪的事，引起我们的好奇心，就乖乖地上了他的船了。

那天清晨，说好他要带我们去看水上市场的，我们好早好早就起来了。虽说才是八月底、九月初的天气，白天还是穿短袖衣服到处跑，可是夜晚和清晨的气温却冷得透心。带的衣服都上了身，仍然会发抖，每个人都拿了床上的毛毯把自己裹起来，像个粽子似的坐在船上，当然，拿照相机的手是必须要伸出来的。

湖面上有一层水汽，看过去好像山峦都在很远的地方。而湖水碧绿清澈，水草的最细微的动态都能很清楚地看到，不知道湖有多深，有多大，有多少的转折？我低头细看那青荇，更不知道这湖已经历过多少岁月了？

船原来是在开阔的湖上划行的，船夫在后面撑桨，忽然微微地向右一偏，就走进了一条绿荫夹道的小路里。说是小路，当然仍然是水路，可是旁边种满了好高好高的竹子，却疏密有致地微微俯下身来，遮住了外面的天光，让湖面的水汽显得格外的浓。整条小路里除了我们以外，没有任何人，没有任何船，只有小翠鸟在两边的竹荫里飞过来又飞过去，还一面清脆地鸣叫着。

江南是不是也有这样的风景？虽然隔了几千里，是不是也有这样的水，这样的雾，这样的清晨呢？

4

喀什米尔的人很有趣，他们的水上市场也是男女有别的。男人卖菜，女人只能卖水草,菜是给人吃的,水草是给家禽吃的,而且,男人有男人的市场,女人有女人的市场,绝不能混乱。

船夫带我们去看的,是男人的青菜市场,要早去,否则时间一过,批发与零售都成交了,船只就会四散而去,没什么可看的了。

起得可真够早的,觉得自己也好像水中的那些树一样,身上也布满了一层露水,凉沁沁的,只差没能像那些树一样,在晨曦中闪闪发光而已。

可是,还有比我们起得更早的人,远远的,在如镜的水面上滑行的,不都是一艘艘载着花、载着菜的小船吗?这些小船比我们坐的又小了许多,窄长了许多,船主蹲踞在船头,已经开始讲起买卖来了。

一艘小船划过我们船边,一个黝黑漂亮的小男孩向我递上一把荷花。四朵芬芳饱满的蓓蕾插在一片荷叶的当中,荷叶和荷花上还带着露珠,带着清香。小孩向我含羞地微笑着,我没有还价就买了两把,身旁的朋友笑我:看到荷花就疯了,也不知道先杀一杀价钱。

可是,在那样的一个时刻里,有些事情是不可以犹疑,不可以讨价还价的。

在那样的一个时刻里,那小男孩的羞怯的笑容,那湖面上吹来的柔风,那水中细碎的竹影,还有那一把荷花荷叶带给我的欢喜,所有的一切都是无价的,而且都不是我本来应该享有的。它们是,我很知道,它们是上天给我的额外的礼物,我只该含笑领受,一句多余的话都不能说的。

送了一把给一位爱笑的朋友,另外一把就拿在手上,有点微醺微醉的感觉,好像眼前的一切都有点朦胧了起来,和我没有什么关联了,只因为手中握着一把荷花，心里面藏着一个美丽的秘密。

5

看他们做生意很好玩，蹲在船头悠闲地交易，成交了的人，就站起来用木桨把舱中的蔬果一桨一桨地铲进另外一只船里，手法非常熟练和怪异。我们这群观光客只希望他会把一两只茄子或者萝卜铲进水里，可惜一直等到整笔交易做完，都没能让我们如愿。在他"挥桨如飞"的情形之下，所有的大小茄子和红白萝卜都乖乖地上了另一条船，一只也没掉出来。

果真是纯粹的男人市场，除了我们这些观光客中有些女性以外，其他全是男性。水面上船只越聚越多，有一个年轻人不小心地在自己的船上滑了一跤，溅得一身水，却什么事也没有似的站起来，拍拍裤子高兴地笑了。他们的年轻人和男孩子长得真美，美得好像是雕像一般，可是这个雕像却有着非常健康的肤色和非常爽朗的笑声，让我忍不住一次又一次地回头向他们注视。

他们的女孩子也长得好看，不过，成年的妇人中有很多都戴上了黑色的面纱，让我们无法看到她的美丽。在斯里兰卡飞机场的候机室里，曾经看到一位卸下面纱的女子，温柔地坐在她丈夫身旁。那样洁白温润的肤色，再加上如画的眉目，把我们这几个人都看呆了，又不敢明目张胆地站在她前面，只好假装有事情要办，一次又一次地走过她的身边，心里又惊又喜，原来美人都出在山明水秀之处，果然是有道理的。

6

　　甚至，连喀什米尔的花，也开得特别的漂亮。达尔湖船屋的码头旁，就种着整丛的玫瑰，粉紫嫩黄地盛开着，天特别蓝，云特别白，上天好像特别偏爱喀什米尔这一块地方。

　　难怪喀什米尔的人都那样自豪，载我们去游蒙兀儿花园的计程车司机是个大个子的年轻人，一直把手伸出窗外指指点点，叫我们看他的湖、他的山，还一直问我们：

　　"你们那里也有这样的美景吗？"

　　我们都笑了，对他语气中的那种自满与自豪觉得很欢喜，也就不想和他计较了。本来也是，他的家乡实在是很不错的一块地方啊！

　　不过，我们也有一个很不错的地方在等着我们回去，旅行的美妙也就在此。达尔湖已经是我们行程的尾声了，再过几天，就可以回家了，想着有那样好的一个家一个国在等着我们倦游归去，眼前的风景将来会变成心里的记忆，而我们现在心中渴切思念的亲人很快就会来到眼前，有什么时刻能够比这样的时刻更安适和更美好的呢？

　　所以，在那天的晚上，我们更能深切地觉得一切事物的珍贵和难能再得，才会那样强烈地希望再来一次。

　　而此刻，坐在我的灯下，达尔湖离我，可真是有几万几千里了。不知道哪天还可以再去,也许不会再去了。世界那样大,下次也许应该换一个方向出发。不过,无论我以后的决定是什么都没有关系,因为,我知道,它的山、它的水、它的清晨和夜晚都已经属于我了。

因为,对那样美丽的晨夕,我是绝对舍不得忘记的。

一九八一年十月

那串葡萄

以前一直是很恨史坦因的，当然也恨那个王道士，每次一碰到些什么有关敦煌的报导，读到这一段，我总会跳过几页，躲着不去看它。想着那些被英国人一批批运走的珍宝，心里就急了起来。其实，也已经是好几十年、好几十年以前的事了，可是，只要一提到这件事，仍然像有把火在什么地方猛然烧了起来一样，整个人就慌乱气闷得不知如何是好。

而今年夏天，在印度新德里的国家博物馆里，我却与他们碰个正着。

事先，我和同行的朋友们都以为要参观的是古老的印度文物。开始时也确是如此，从史前时代的石器、铜器开始，我们一个展览室一个展览室的闲逛着。离我们那样遥远的生活，被标上了年代放在大柜子里，就变得更遥远和更冷漠了，不过，博物馆不是一向就是如此的吗？

所以，当我怀着同样冷漠而淡然的心走上了楼梯，走进了二楼的一个展览室之后，忽然觉得有些什么感觉不大一样了。在还不太能分辨得出来到底是什么缘故的时候，只觉得室内的灯光变得柔和了，墙上缤纷的艺术品也跟着发出一种温柔和细致的光彩，我好像置身在一个似曾相识的梦境里。

"好像在哪里见过。"

果然是见过的。墙上挂满了敦煌的绢画、佛幡，柜子里成列的都是从高昌的古墓里发掘出来的遗物，所有的东西都是史坦因找到的，在运回英国的途中，留了一部分在新德里的国家博物馆。

而那串葡萄，就放在一个密闭的玻璃盒子里。盒子再放在一个密闭的玻璃柜子里，旁边的标示写着，是公元七到八世纪，隋朝高昌故址阿斯塔那（ASTANA）古墓里的祭物。

那就是说，这一串葡萄是在一千多年以前，被人从树上摘下来放在墓园里的了。是那种传说里晶莹甜美的吐鲁番的马奶葡萄吗？是那种入口爽脆而又有着玫瑰香味的碧绿葡萄吗？在一千多年以前把它从枝上摘下来的人是谁呢？不知道是男子还是妇人？不知道摘下它的那一天是个什么样的天气？

而在我眼前，在密闭的玻璃盒子里，葡萄已经干枯绉缩，分辨不出什么颜色来了，却仍然枝连着枝，果连着果，在一千多年以后，在我的眼前，庄严地坚持着它原来该有的形状和名字。

生命到底是脆弱的还是永久的？留下来的，究竟是一些什么呢？

"葡萄美酒夜光杯，欲饮琵琶马上催。"应该是真有其事的了。喝酒的征人容或已经消失了，可是，这么多年来，只要想起他们，他们就会在你眼前在你心中不停地饮，不停地醉，不停地弹着琵琶，不停地上马；而他们的豪情,伴着那夜里漠上的风沙,就会不停地向你扑过来,你想一想,他们什么时候消失过呢?和他们比,我们现在似乎是实,他们似乎是空,但是,再过几十年,我们会变成空,而在我们子孙的心里,他们却仍然是实的。只要我们子孙中任何一人读起这首诗,他们就会重新出现、重新开始不停地饮,不停地醉,不停地弹着琵琶,不停地上马;而我们,我们又会到哪里去了呢?

一千多年以来,在这块土地上,烽火没有停过,天空却照样晴朗,葡萄在那样晴朗的天空下熟过多少次?酿了多少杯?醉过多少征人?熙熙攘攘的形象最后都复归于尘土。可是,在那天,被一双也许是极为温柔的手所摘下的这串葡萄,被安置在燥热的沙土之下,却在几万个日夜的时光之后,被一双也应该是极为温柔的手所发掘了出来,重新走进了人世,走进每一个见过它,被它说服的人的心中。我在这里用了"说服"这两个字,是因为我找不到别的可以代替的字眼。因为,是这一串葡萄说服了我,让我重新认识了生命的另外一种温柔而又不变的坚强。

在那一刹那,我几乎要感谢史坦因了。也许,一个考古学者最大的愿望,就是要让很多人看见他所看见的,因而也就能相信他所相信的罢。也许,他也不过是一个和我一样的人,在初见这串葡萄时,觉得它的坚持的可笑,离开这串葡萄时,领悟了它的坚持的庄严,而最后,在回想起这串葡萄时,却终于发现了它的坚持中所含的温柔和美丽了罢。

他应该也不过是一个和我一样的人罢?

一九八一年十二月

附录
一条河流的梦
——席慕蓉访问记

夏祖丽

一九八一年七月,大地出版社为席慕蓉出版了她的第一本诗集《七里香》,一个月之内再版。其后,平均每两个月一版,创下现代诗的销售纪录。半年后"尔雅"又为她出版了两本散文集《成长的痕迹》、《画出心中的彩虹》,预约就有上千本,也在一个月内再版。一九八三年二月,大地又推出《无怨的青春》诗集,再一次造成轰动。一九八三年十月,洪范出版了她的散文集《有一首歌》,出版半年就印到第六版。

两年半来,席慕蓉的五本书(还不包括与张晓风、爱亚合著的《三弦》)都是频频再版。而台湾南北两大书店"南一"(台南)、"金石堂"(台北)发表的去年全年畅销书排行榜中,席慕蓉的六本全部上榜,其中有三本在前十名内,这是特殊的例子。因此,有人说,去年是"席慕蓉年"。

书的畅销,紧接着来的,《七里香》的盗印本在南部出现;《无怨的青春》的标题连图,突然成了一家化妆品公司的广告;《新娘》那首诗也被配上新娘照片，成了结婚礼服的宣传；而书内那些诗篇，又被卡片公司看上，不经同意就印成卡片，六元一张，到处销售；更有一家餐厅取名"七里香"，不知是否真能香闻七里？还有建筑公司在桃园盖了个"七里香"小区，在报上大作广告……这些"热情的反应"，虽然尚未给席慕蓉带来太大的困扰，但却是她始料未及的。

"上苍为什么待我如此厚？"

这个在绘画世界里耕耘了二十多年的蒙古女子，如何在短短的两年半里，在另一片写作天地创下了那么好的销售纪录？她的作品为什么受欢迎？她的书为什么畅销？有人认为，她的诗画结合的表现方式是别人没有的；有人认为，她那样白，那样毫无隐瞒的把自己少年的悲伤，青春的微笑，无知的挫败，把那些似乎本来是要对自己说的话，说了出来，使读者也借此得到抒发；还有人认为，现代人对爱情已经开始怀疑，而席慕蓉的爱情观，似乎给现代人重新建立起信仰（痖弦语）。甚至有人说，席慕蓉那富于诗意的名字，那来自蒙古沙漠的籍贯，那留学比利时的特殊经历……都使她的人和作品蒙上了一层遥远、空灵的气息，深深吸引住读者的心。

而席慕蓉自己认为，她的书畅销是一种机缘。是刚好到了这个时候。她说："如果不是我，也会是别人！这是机缘！"

起初，她很高兴，因为："我也有我强烈的虚荣心，我也幻想过到这种境地。可是，后来发现有些事比自己所想的还要多时，我就开始害怕了，上苍为什么待我如此厚？这件事为什么会到我身上？如果在画画上得了第一，我还能坦然。因为我从十四岁进入台北师范艺术科开始学画，在画画上我自认是一直努力的。"

一九六六年她以第一名的成绩毕业于比利时布鲁塞尔皇家艺术学院，成为战后第一个在该校拿到第一名的外国人。并获得布鲁塞尔市政府金牌奖及比利时王国金牌奖。

但对写作这个意外的收获，她却是害怕多于高兴，她甚至有一个较悲观的想法："这个社会传播的力量很大，要让一个人出名很容易，要毁掉一个人也很快。"

三年前，席慕蓉刚刚在报纸上发表一些作品时，我们曾通过几封信，一九八一年二月十九日的信中，她曾这样写着：

> 前一阵子发表了一些诗和散文，得到一些赞美的回响，竟然沾沾自喜了起来，有人称我为诗人或作家，竟然也欣然受之，毫无愧色！
>
> 看了你访问苏雪林先生一文卷后所附的著作表，还有其他好多位的，对我有如当头棒喝，出了一身冷汗。人家用一生一世来做一件事，还觉得不足，还那样谦虚，那样的人才能称为作家、文人，回过头来看看自己，又写了多少呢？与他们相比，不如说，根本没有相比的分量。
>
> 所以，我想，我还是乖乖地回到我画画的圈子里罢，作家与诗人的梦，从今以后，不敢再做了。

这个当初不敢做作家梦的诗人,如今却成了最受欢迎的作家。命运有时真是很难预料的呀!

也许正如诗人萧萧所说的:"她自生自长,自图自诗,不知有汉,无论魏晋,是诗国里一处独立自存的桃花源。"

"让我用我自在的脚步!"

成名的滋味虽甜,但原可控制的生活却有点身不由己了。本想一步步走的路子,那么快就到了。为了要拒绝不断的稿约、演讲、访问,使她变成一天到晚向人说"对不起"的人。她怕别人觉得她骄傲,又怕别人把她定型。有一段时期,她情绪不好,甚至想:我不写总可以了罢!她说:

"不是我捡了便宜还卖乖,不能说我不喜欢我的作品,但我觉得并没有那么好。我有一个理想,我还没做到,我觉得自己还可以慢慢走下去,可是现在没有办法证明,只好等时间来证明,我希望大家给我一个机会,让我用我自在的脚步走下去。虽说我是感性的人,但这点我是理性的,我很珍惜我的作品。"

最近,在一次女作家的茶会上,好几十位女作家聚在一起,聊天,唱着老歌,从《昨夜我梦江南》到《国旗歌》,场面热闹。席慕蓉从桃园石门赶来,她站在人群中放开喉咙跟着唱。看着有些年龄超过一甲子,写了一辈子,拥有无数读者,甚或几代读者的作家,那么自在地唱着、笑闹着,她突然感到自己最近的种种困扰实在很幼稚也实在是没什么重要的!她说:

"也许是我比较年轻,也许是我想得太过分了。这些写了几十年的老作家给我一种安定的力量。我羡慕她们一如我羡慕画了几十年的老画家一样,生命应该如此,不倦不休,细水长流。有些东西是值得为它坚持一生的,坚持是心,但表现的方式要不断求更好,不一定求新,也不一定求旧,只要求一种无可替代的精确性。现在我懂了,我乖乖画画,照自己理想的时间写作,不赶工。很感谢一些朋友在这一阵子听我诉说,给我分析,现在我觉得自己自在多了。"

"诗使我看到了自己!"

诗、散文和绘画,席慕蓉如何用这三种方式,把题材和灵感表达出来?这三者与她的日常生活有什么关系?

她说:"画画是我终生投入的一种工作,有人逼我,我自己也要逼我自己。而写作是我放松的一面,是我抽身的一种方法。累了一天后,我对自己说,没关系,我今晚没事,我写诗。这样一个晚上,是我给我自己的奖品。这些诗一直是写给我自己看的,也由于它们,才使我看到了自己。"

至于散文,她认为那是记载她的生活,是她对生命的一种惊叹,人从哪里来?要到哪里去?为什么要有这样的一段极快乐又极悲哀的人生!既有生为何有死?

刚发表诗时,有人劝她写些大爱,写些与社会有关连,具有时代性的东西。别人的话,她很认真听,但她觉得自己写不下去。后来她发现,这些在她的画上表现出来了。她的诗很纤细,她的画,尤其是油画却很有"大地之母"的味道,与诗的作风不同。

她说:"大我是我的画,是我对社会负责任,是我教书、做老师的那一面;而诗是不负责任的小我,是我给我自己最后的角落。"

她一直忘不了,那年站在台北历史博物馆的个展会场上,四周挂着她熬了多少个夜晚换来的巨幅荷花,她向一天来看了三次画展的诗人余光中问起写诗的事,余光中说:"想写的时候不放过,明明知道第二天有事,不能熬夜,但也不管。那时,自己的脑子会封闭关门,只容得下诗!"

多少个夜深、人静,席慕蓉独自坐在灯下写诗,慢慢品味回忆中的自己,她说:"我最喜欢这时候的我,如果畅销的压力要损伤到这一点,我是不肯,也不甘心的。"

在那些个她形容"把自己完全打开的夜晚",她写下了那样优美的诗句:

所有的结局都已写好
所有的泪水也都已启程
却忽然忘了是怎么样的一个开始
在那个古老的不再回来的夏日

——《青春之一》

而在同样的灯下,她也曾写下"溪水急着要流向海洋,浪潮却渴望重回大地"那样悲壮的句子。这正是这个激情的蒙古女子在潮湿温热的台湾乡下，对那干旱荒原的沙漠家乡的呼唤啊！

常常，钟声敲过了午夜，她的丈夫披衣起床，打开房门，看见妻子在书桌前落泪，他心里会疼惜地叫着："老天！这个人又在写诗了！"

谈起这件事时，是坐在他们石门乡下的那幢平房里，理着小平头的物理学博士刘海北先生，正以带笑的眼神，透过镜片，温柔地投向对座的妻子。

他总是爱妻的第一个读者。有一天，他看到一则故事说，当年白居易写完诗，总要先拿给一个乡下老太太看，她看得懂才发表。于是他恍然大悟对席慕蓉说："原来我就是那个老太太啊！"

问起他是否也像人家说的，可以从她爱妻的诗里，找到自己少年的影子，他用那被晓风形容"像散文一样的声音"笑着回答说："好像找不到罢！"

"我并不是怀念青春！"

有人认为，席慕蓉的作品给人一种怀念青春，想回去的感觉。她不认为自己是抓着青春不放，她说，有些事情回头看，每次看到感动，这表示自己有些东西没有变，舍不得变。每次能重新感受到过去的那一刹那，那一刹那就永远是你的，岁月也抢不走。

但她不否认自己是一个喜欢"回顾"的人。走在山林里，喜欢回头，总觉得风景在来的路上特别美。开车的时候，爱看后照镜，因为镜里的景色有苍茫之感。而在人生的道路上，每一次转折变换，也都会使她无限依恋，频频回顾，而不管是十几岁的日记也好，三十几岁的札记也好，她心中一直有个倾吐的对象，那就是一个"明日的我"。十九岁那年，她站在新北投家中的院子里，背后是高大的大屯山，脚下是新长出来的小绿草，她心里疼惜得不得了，几乎要叫出来"不要忘记！不要忘记！"她说："我要日后的我不要忘记这一刹！"

在自己的诗里，她最喜欢的是那首《山路》：

我好像答应过

要和你　一起

走上那条美丽的山路

你说　那坡上种满了新茶

还有细密的相思树

我好像答应过你

在一个遥远的春日下午

而今夜　在灯下

梳我初白的发

忽然记起了一些没能

实现的诺言　一些

无法解释的悲伤

在那条山路上

少年的你　是不是

还在等我

还在急切地向来处张望

为什么喜爱这首诗？她说："少年的事也许是很淡的，但年轻时伤了一个人的心，却是不可弥补的。"

她最喜欢的诗集是叙利亚诗人纪伯伦的《先知》。这位自写自画的诗人曾说过："灵魂绽放它自己像一朵有无数花瓣的莲花"，而席慕蓉认为纪伯伦自己就是那最单纯与最深邃的一朵。

在花前，席慕蓉认为自己是个知足的人。五岁那年，在南京玄武湖畔，她和父亲泛舟湖上，第一次看到荷花。读初二那年，在台北植物园里，堂哥牵着她，走过荷花池旁，从此，她觉得自己这一辈子就离不开荷花了。她说："这也许是另一种乡愁罢！"

如今，在石门乡居的后院，她养了六大缸荷花，春天施肥，夏天亭亭玉立绽放，站在缸旁，荷花比人还高，她耐着心，冒着溽暑写生下来。

荷花之外，她喜欢所有浅色的花，茶花、茉莉、百合……她说："白本来就是奢侈品！"多诗意的形容！

她喜欢白色的花，一如她喜欢澄净的文字。《小王子》是她最偏爱的一本书，因为，作者用干净透明的文字表达深邃的思想，每次看完《小王子》，她就觉得好像把自己洗净一次，重新面对这个世界。

"那是弱者的自白!"

有人说,从席慕蓉的诗里,仿佛看到羞怯的自己;也有人说,她的诗把人交回单纯的年龄,找回几乎要消失的东西;还有人说,她的诗是多愁年岁的安慰,重寻旧梦的触媒。对于别人的说法,席慕蓉以她那惯有爽朗的笑声说:"那只不过是一个弱者的自白罢!"

"为了得到父母对我的肯定,从小,我有争强好胜的心,这个因素一直在我的背后。童年要得到的称赞,青少年一直在奋斗。如今父母老了,也许他们已经给了我了,但我觉得他们还是对姊姊比对我更好,我一直没有得到,大概也不容易得到了。也许是我贪心,也许是老三心态,父母并没有少爱我一点,我这么多年争的,是自己得不到的东西。"

在环湖公路上,席慕蓉一边轻快自在地驾驭着那辆喜美,一边诉说着自己自卑的童年心情。走到一处弯崖,她停下来,指着那个土里土气的亭子说:"最美的这一块,被这么一个水泥亭子破坏了!是什么人让他们这样做的,是谁准他们这样做的!"

出了环湖公路,她加快油门说:"带你们去看一个天下最最奇怪的景象!"

在一处杳无人迹,满地荒草的郊野,一座地下人行道煞有其事地立在那儿。此地既无人,又无车,何需人行地下道?她激动地说:"你看!你看!天下会有这种怪事?这是联系不够,地方还没建设,地下人行道却先盖好那么久了!"

看她自信的神情，坚定的语气，那儿童时代的自卑，恐怕已经没有留下痕迹了罢！可是她说："它们还是常会无可救药的就上来了！"

"我孤独地投身在人群中！"

十四岁那年（一九五六年），席慕蓉一个人背着新画架和画袋，第一次离家到台北师范念艺术科。她的父亲，现任教西德波昂大学的席振铎先生曾在一段小文里回忆女儿当年："她的小房间里总是摆着过大的油画，给她的钱都买了颜料，平日就穿了姊姊的旧衣裳到处去写生。深夜，我常起来呵责她赶快关灯睡觉。当时的我很不以为然，总希望她再大一点可以改过来。"

而在母亲的印象中，每年夏天，她去参加救国团办的活动，每次出门，寄回一封平安抵达的信后，就再也没有音讯。然后，有一天，一个晒得像黑炭一样的人会出现在门口，背包里塞满一大堆别处捡来的怪石头。

在一篇文章中，她自己也曾这样写着："我永远是家里那个假想的男孩，甚至在弟弟出生了以后，我也总是军服夹克什么的站在那里；旁边坐着三个穿着由很多花边缀成裙子的姊妹们，她们个个都有着一头鬈曲蓬松如云般的披肩长发。"

台北师范毕业后，她进入师大艺术系。大三时，她的两个姊姊席慕德、席慕萱都出国念书，原来四只小鸟的窝（她还有一个妹妹席慕华），顿时冷清下来。她在写给姊姊的信里说："你们出国后，我的童年没有了！我的童年到大学才结束！"

一九六三年，她从师范大学毕业，教了一年书。次年，到比利时布鲁塞尔皇家艺术学院进修，入油画高级班。

在布鲁塞尔旧闹区，狭狭斜坡的老旧女生宿舍里，她租到了一间房，日日夜夜，思乡的寂寞啮噬着她，每次写回家的信，总是厚厚的十几页，至今她都不敢打开来看，因为会哭。

刚去的那年冬天，在异乡的小楼上，她写下了这样的诗句：

于是　夜来了
敲打着我十一月的窗
从南国的馨香中醒来
从回家的梦里醒来
布鲁塞尔的灯火辉煌
我孤独地投身在人群中
人群投我以孤独
细雨霏霏　不是我的泪
窗外萧萧落木

——《异域》

她怀念那窗外有潺潺流水，有一整个院子的花，有一整个山坡的树的家。更思念独守家中的母亲。

六年后,她和新婚的夫婿回到了台北母亲身边。回国十年来,她以一种淡淡哀伤的心情,眼看着母亲日日的老去。每当她想起当年新北投山坡上的家,屋檐下父母的呵护,手足的情深,泪水就忍不住要夺眶而出。与其说她是怀念那段全家人团聚的日子,不如说她是感伤今天家人的四散罢!

"为人儿女的心啊!"

两年前,席慕蓉的母亲在美国中风,她从纽约姊妹的家中把母亲"抢"了回来。在东京机场转机时,看到母亲飞行十余小时的疲惫样子,她心焦如焚。又因为事先没有和航空公司联系好,她只好做了她最不愿意做的事——插队。因为,只有这样才能为行动不便的妈妈划到靠近厕所的座位。站在后面焦急等候的旅客发出了不平的怨声。她低声下气地解释着:"对不起!对不起!我妈妈行动不便,我只好插队划位。"后来,大家看到坐在轮椅上的白发老太太,终于明白了这是为人儿女的心啊!那个当初指责她最大声的人第一个走过来帮她推轮椅。

提起这件往事,席慕蓉的声音里有一种压抑住的颤抖。因为,我知道,不然她会说不下去的啊!

为了便于照顾,但又怕孩子吵到母亲,她把住家对面的画室,让给母亲住,布置得温馨而干净。

她请了人照顾母亲，料理三餐。她设想周到，在房间里铺了地毯，母亲常走动的地方做了扶手栏杆，还在床头装了电铃，直通她家。最近，她甚至考虑为母亲添置一个随身呼叫器。

目前席慕蓉在新竹师专美术科教油画和美学，在东海大学美术系教素材研究。她绘画的范围很广，一般读者所熟悉的针笔插图只是其中一部分，她主要是主修油画，近年来她还画实验性的镭射画以及镭射版画。

每个星期，她有不少时间花在奔波于石门、台北、新竹、台中的南北高速公路上。再加上照顾母亲及两个孩子（女儿芳慈念初一，儿子安凯念小学三年级），还要准备教材、批改作业、写稿、画画、演讲……但每隔一星期她一定找出一整天，开车带母亲到台北，吃顿饭，看看朋友。生活虽忙碌，但她总给人神采奕奕、兴致高昂的印象。与人约会，即使她是住得最远的，她总是准时到，甚或提早到。偶尔在路上耽误了，她下了高速公路，一定先拨个电话通知对方，以免人家担心。

蒋勋曾说过，席慕蓉的诗，是"以快捷的方法说委婉的感受"；而我想，"以明快的方式处理繁杂的事务"来形容她的人应是很恰当的罢！

她那被痖弦形容为具有北地雄迈与南国秀丽混合的性格，使她能以慧心体会出一套自己的生活哲学，然后以坦然宽大的心胸去面对。她以富于创意的方式安排事情，利用时间。有些事她自己处理，绝不假手他人；有些事，她以善解宽容的态度交给别人。比如家事，她大致安排好后，就全然信任地交给帮忙的人去做。在教育儿女上也是一样，她把握住大原则，尽量让孩子自由发挥。

如此,她才能从繁忙中得到轻松与协调的时刻,那也就是她写作、看书或沉思的时候。不但她自己从繁杂的事务中解脱,也使她周遭的人感到安然自在。因为,不会有一个神经质的主妇每天在家里转。

"我不是梦幻的!"

在别人欣羡的眼中,席慕蓉是个幸福的女人:快乐的家庭,顺利的事业,一帆风顺的写作。但这些却也是她多年来细心维护,努力学习才得到的,她毫不吝惜地与别人分享,使她更多一层得到快乐与甜蜜的感受。

写作,使她获得很多,她说:"以前我比较寂寞,因为我只有姊妹和丈夫可以谈心。有几个春天,我一个人坐在校园里,觉得自己很闷,如今,写作把我解开了。"

"现在的春天不寂寞了?"我问。

"我有了好多迷人的朋友,日子越过越精彩,我的春天都来不及了啊!"她说。

席慕蓉并不喜欢人家以她的作品来认定她是梦幻的,是唯美的。她说:"我并不是生活在一个很美的环境里,我面对的是整个生活,然后把里面最珍贵的部分特别挑出来。"

不是吗?那天在她家一天,看到的就是一个最平凡主妇的生活。

一大早,她给孩子弄好早饭,开半个小时车到中坜车站接我们。从中圻到石门途中,她匆匆在邮局前停下:"对不起,我寄个画稿,不然等明天寄就太晚了。"回到家,一进家门,就叮咛晚起的儿子吃早饭前别忘了刷牙。坐在客厅里,她眼观四面,耳听八方,邻居的孩子在窗外呼叫,她在屋内代传达:"安凯门口有人找!"电话铃响了,她去接,是女儿同学打来的,"芳慈!你的电话。"而念初中的女儿已知道把房门关起来听电话了。甚至儿子从厕所出来,她也会不忘问一句:"怎么没听到冲马桶的声音?你又忘了!"吃过午饭,算好对门母亲已午睡醒,她过去看看,帮母亲穿好衣服,系好鞋子,出去散步。黄昏时,她开车送我们出来,车子在村子口一家门前停下来,她对着里面说道:"蒋妈妈,妈妈在外面散步,麻烦你注意一下,芳慈有几个同学在家里,安凯在邻居家玩!"蒋妈妈是她搬到石门十年来的好帮手。

然后,她关上车门,摇上窗子,按下音乐,轻踏油门就上路了。

这就是席慕蓉的一天,没有诗情,也没有画意。但某一天的夜里,在喀什米尔的达尔湖上,她望着漆黑天空中特别大特别亮的星星,忍不住叫出:"啊!这里的星星镶工比较好!"这样美而令同船人难忘的句子。而另一天的晚上,在台北植物园荷花池畔,望着被一盏盏的水银灯照得惨白的荷花,她也曾激情地喊出:"把黑夜还给我!"

而她孜孜不倦写作的心情,正如她在一篇文章里所写的:"我只是一个平凡的妇人,为人女、为人妻、为人母,一直到今天,生活对于我都是一条平稳缓慢的河流,逐日逐月地流过,只是,在这条河流下面,藏着好多我不能也不愿忘记的记忆,在我独自一人的时候常来提醒我,唤起我心中某些珍贵的感情,那时候,我就很想把它们留住,记起来,画下来。"

原载一九八四年五月《新书月刊》第八期

图书在版编目（CIP）数据

回顾所来径 /席慕蓉著；—杭州：浙江文艺出版
社，2015.6（2017.1重印）
ISBN 978-7-5339-4226-7

Ⅰ.①回… Ⅱ.①席… Ⅲ.①散文集—中国—当代
Ⅳ.①I267

中国版本图书馆 CIP 数据核字（2015）第 087350 号

原书名：《回顾所来径》
作者：席慕蓉 著
本著作物经印刻文学生活杂志出版有限公司授权
上海双九文化咨询有限公司出版简体中文版权，
非经书面同意，不得以任何形式任意重制，转载。

版权合同登记号：图字：11-2015-83 号

回顾所来径
作　　者：席慕蓉
特约编辑：王轶华
责任编辑：颜颖颖　童潇骁

浙江文艺出版社　出版发行
地　　址：杭州市体育场路 347 号
网　　址：www.zjwycbs.cn
经　　销：浙江省新华书店集团有限公司
印　　刷：宁波市大港印务有限公司
出版日期：2015 年 6 月第 1 版　2017 年 1 月第 3 次印刷
开　　本：720×1000 毫米　1/16
字　　数：170 千字
印　　张：15.75
插　　页：2
书　　号：ISBN 978-7-5339-4226-7
定价：32.80 元

（如有印、装质量问题，请寄承印单位调换）